KB000535

마루토 후미아키
= 지음

미사키 쿠레히토
= 일러스트

시원찮은
그녀를 위한
육성방법

Saenai
heroine no
sodate-kata.6

Presented by Fumiaki Maruto
Illustration : Kurehito Misaki

"메리 크리스마스,
에리리
에리."

그런, 크리스마스 이벤트의 종료와 함께…….

시원찮은 그녀를 위한 육성방법 6

그녀를 위한
(히 로 인)

마루토 후미아키 지음

미사키 쿠레히토 일러스트

이승원 옮김

목차

프롤로그

방과 후의 시청각실에 쏟아지는 석양이 열기를 잃고 차가운 빛만을 띤 12월 초순.

"그게 아냐. 거기서는 그러면 안 돼, 윤리 군."

"예?"

……하지만 그런 차가운 공기에 잠긴 시청각실의 한편에서는 뜨거운 열기를 띤 목소리와 숨결이 교차되고 있었다.

"그렇게 성급하게 달려들면 여자애가 겁먹을 거야……. 좀 더 천천히, 충분히 시간을 들이면서, 몸도 마음도 녹여주도록 해."

"하, 하지만…… 그래선 버틸 수가 없어요."

"걱정하지 마. 내가 시키는 대로 해 봐."

"으, 응…… 고마워요, 우타하 선배. 원래 내가 해야 하는 건데……."

그런 속삭임조차 열기를 띤 채 내 얼굴에 닿는 것 같을 만큼 가까운 거리에서 나를 응시하고 있는 이는 윤기 넘치는 흑발 롱헤어 미인인 예의 그 분이다.

가라앉은 듯한 표정에서 흘러나오는 얼음송곳 같은 독설.

그런가 하면 여신 같은 표정에서 흘러나오는 자애에 찬 복음.

그런가 하면 귀찮은 여자 같은 표정에서 흘러나오는 의미심장한 수수께끼.

표정이 너무 많아서 요즘 들어서는 어떻게 대응해야 좋을지 감이 오지 않는 언밸런스 미인.

라이트노벨 업계에서 재능 넘치는 신진 여류 작가로서 주목받고 있는 카스미 우타코, 즉, 카스미가오카 우타하 선배.

"괜찮아. 윤리 군은 처음이잖아……?"

"그, 그야…… 뭐."

그리고 좀 전부터 우타하 선배의 매력 넘치는 보이스와 말과 태도 때문에 내 안의 모든 혈액이 얼굴에 몰려들면서, 내 귓불마저 고동치고 있었다.

현재 완전 숙맥 하렘 주인공 같은 반응을 보이는 내 이름은 아키 토모야.

3차원에 존재하는 자신의 목숨을 2차원 콘텐츠에 바치고, 디스플레이와 프로젝터에 비친 버추얼 미소녀에게 마음을 빼앗겼을 뿐만 아니라, 궁극의 가공 히로인을 직접 탄생시키기 위해 동인 게임 서클 『blessing software』를 설립

한, 간단히 말해 갈 때까지 간 오타쿠다.

"이렇게 여유를 부리고 있지만, 실은 나도 처음이야."

"서, 선배도요?"

"왜? 혹시 의심하는 거야?"

"아, 아니, 그런 건……."

그렇다. 나는 2차원에 혼을 빼앗긴 남자.

"……시작할게."

"……예."

……그러니 3차원에서 발생한 이벤트 따위에 마음을 빼앗길 리 없다고.

아마도. 분명.

"그럼 우선…… 가볍게 머리카락을 쓰다듬어봐."

"이, 이렇게요?"

"손에 그렇게 힘을 줄 필요는 없어. 아주 살짝, 머리카락을 살며시 흔들어준다는 느낌으로 해봐."

"이런 느낌……으로요?"

하지만 나는 우타하 선배가 시키는 대로, 그녀의 머리카락을 살며시 쓰다듬었다.

그러자 그녀는 머리카락을 살짝 만졌을 뿐인데도 온몸을 아주 희미하게, 떨었다.

"그래, 그거야……. 그러면 여자애는 안심하면서 점점 편안한 표정을 지을 거야."

"편안한…… 표정."

확실히 조금 전까지만 해도 볼을 붉힌 채 약간 긴장한 듯한 표정을 짓고 있던 그녀는 현재 눈가와 입에 들어간 힘이 빠진 듯한, 마치 만족한 듯한 표정을 짓고 있었다.

"그리고 여자애를 안심시켜줄 말을 천천히 읊조려봐."

그 말을 듣고 약간이지만 용기가 생긴 나는 슬며시 "공세"를 펼쳤다.

『네 머리카락, 겉보기에도 아름답지만 이렇게 만져보니 정말 상상을 초월하네.』

『그 표현, 전혀 칭찬처럼 들리지 않아.』

『으음, 미안. 상상을 초월할 만큼 부드럽다고나 할까, 감촉이 좋다고나 할까, 기분 좋다고나 할까…….』

『으음~ 아직 미묘한 것 같은데?』

그녀의 말과 대사에서는 방금까지 느껴지지 않았던, 즐거운 듯한, 놀리는 듯한 성분이 배어나오고 있었다.

우타하 선배가 말한 대로, 방금 한 말이 그녀를 안심시켜준 것 같았다.

그래서 나는 한 걸음 더 나아가 보기로 했다.

『좀 더 만져 봐도 돼?』

『그 말은 머리카락만 만져보겠다는 뜻이야?』

『뭐…….』

하지만 같은 타이밍에 상대가 공세를 펼칠 거라는 것은 예상하지 못했다…….

고개를 돌려보니, 그녀는 어느새 눈을 감고 있었다.

그것은, 너무 안심이 되어서 잠들어 버린…… 것은 물론 아니었다.

"자아, 윤리 군. 이제 네 결단만 남았어."

"서, 선배……."

"눈앞에 있는 눈을 감은 여자애, 그녀의 촉촉이 젖은 붉은 입술은, 남자의 용기를 기다리고 있어. 자아."

그리고 문득 쳐다보니, 그녀 "이외"에도 눈을 감고 있는 여성이 한 명 더 있었다.

긴 흑발을 책상에 늘어뜨린 채, 나와 몇 센티미터 떨어진 거리까지 다가온 여성이…….

"자아!"

"우, 우타하 선배……?"

우타하 선배의 숨결이 내 얼굴을 희롱하면서, 그 숨결이 흘러나오는 부위가 나와 맞닿으려는 것처럼 가까워진 순간…….

"작작 좀 해애애애~!!!"

한계까지 시위가 당겨진 활에서 발사된 듯한, 소리로 된 날카로운 화살이 내 고막에 정통으로 꽂혔다.

"귀, 귀가, 귀가아……."

그 순간, 내 몸 속의 계기판이 전부 고장나버린 것처럼 반고리관이 미친 듯이 뒤흔들렸다.

……이쪽도 뜨거운 숨결이 귀에 전해질 만큼 가까운데도 불구하고, 왜 이렇게 효과 면에서 차이가 나는 거지.

"너희 둘, 지금 뭐하는 거야~?!"

그리고 전형적인 츤데레 언동을 뽐내고 있는, 전형적인 츤데레 외모를 지닌, 요즘 세상에서는 보기 힘들 정도로 픽션 같은 금발 트윈 테일 영국 혼혈 미소녀인 예의 그 사람.

무지 화난 듯한 태도에서 흘러나오는 앞뒤 안 맞는 분노성 멘트.

그런가 하면 얼간이 같은 반응에서 흘러나오는 꽁지 내린 개 냄새 풀풀 나는 한탄.

그런가 하면 눈물 어린 시선과 함께 날아오는 거역하기 힘든 달콤한 목소리.

이런저런 얼굴을 지녔지만, 한 꺼풀만 벗겨보면 완벽하게 숨겨지지 않은 본성이 드러나면서 마치 내가 잘못 한 것 같은 기분이 들게 하는, 그런 무의미한 갭을 소유한 미소녀.

동인 업계에서 유행에 민감한 벽서클 작가로서 엄청난 판매 부수를 자랑하는 카시와기 에리, 사와무라 스펜서

에리리.

"남이 죽기 살기로 작업하고 있는데 그 옆에서 염장염장 염장염장염장염장염장염장염장염장염장질을~!"

에리리는 이런 화풀이 개그…… 아니, 분노를 터뜨리는 것도, 방금 나와 우타하 선배가 나눈 대화를 들었다면 이해 가 되지 않는 것은 아니었다.

확실히 조금 전까지 우리가 『폭발해라』 같은 소리를 들어 도 할 말이 없을 만큼 달콤한 대화에 빠져 있었다는 것은 인정하기 때문이다.

하지만 그건…….

"오늘도 영문 모를 망상에 사로잡혀서 주위가 전혀 보이 지 않나 보네, 사와무라 양. 설마 방금 나와 윤리 군이 당 신 바로 옆에서 서로의 사랑을 확인했다고 생각하는 건 아 니겠지?"

"카, 카…… 카스미가오카 우타하!"

"우리는 그저 라스트 신의 연출에 관해 진지한 토론을 나 눴을 뿐이야. 정말, 심각한 망상증에 걸린 원화가네."

그래! 바로 그거야!

확실히 나와 우타하 선배는 책상 하나를 사이에 두고 앉 아 극히 가까운 거리에서 서로를 응시했다.

하지만 그 책상에는 노트북 컴퓨터가 놓여 있다. 그리고 그 화면에는 우리가 만드는 게임의 히로인인 카노 메구리가 주인공인 아즈미 세이지와 염장 플레이를 시작하려하는 절묘한, 아니, 최악의 장면이 표시되어 있었다.

즉, 이것은 한 달 후로 다가온 겨울 코믹마켓에 낼 우리 게임의 최종 조정에 심취해 있다고 하는, 라이트노벨에서 흔히 나오는 에로 계열 오해 이벤트였다. 정말 한숨만 나오는 진실이다.

하지만…….

"너, 방금 눈 감았지?! 빈틈이 보였다면 바로 저지를 생각이었지?!"

"……흐음, 무슨 소리인지 모르겠는걸?"

……그렇다.

우타하 선배의 어디까지가 진심인지 알 수 없는 색기 공격이 방금 발동되지 않았냐고 누군가가 물어본다면 딱 잘라서 부정할 수가 없었다…….

"나는 그저 최종 시나리오의, 그 어떤 근심걱정도 남아있지 않은 해피한 장면의 퀄리티를 최대한 높이기 위해 윤리 군과 최선을 다했을 뿐이야. 이 숭고한 영혼의 유대 중 그런 겉으로 드러나는 부분만 이해할 수 있는 경박한 사람의 사고방식은 정말 이해할 수가 없네."

"그럼 너는 왜 남자의 다리 사이에 자기 다리를 밀어 넣는 건데!"

"아앗! 어느 틈에?!"

그래서 좀 전부터 종아리 언저리에서 묘하게 따뜻하면서도 부드러운 감촉이 느껴졌던 거구나…….

"그래도 "무릎을 맞대고 의논한다."는 말은 흔히 쓰잖아."

"맞댄 게 아니라 아예 집어넣었잖아! 완전 삽입했다구!"

"어, 어어~."

역시 에로 동인 작가. 그런 쪽 망상은 남들이 범접할 수 없는 수준이군.

"그리고 연출은 토모야가 담당하는 파트이고, 너는 시나리오만 담당하기로 했잖아? 오늘도 시청각실에 와서 참견할 필요는 없는데 왜 나온 거야? 대학 추천 입학이 결정 났으니 아예 학교에 나올 필요도 없을 텐데!"

"대체 몇 번을 이야기해야 사와무라 양은 이해할 거야? 나는 그저 우리 서클이 만드는 작품의 퀄리티를 높이기 위해서……."

"이용가치가 없어져서 남자에게 버림받았다는 걸 인정하지 못하고, 부탁 받지도 않았으면서 괜한 참견을 해대며 필사적으로 남자를 붙잡으려고 하는 불쌍한 여자 같아 보여."

"…………그 점에 대해서는 장소를 옮겨서 이야기하지 않겠어? 화장실 뒤편이나 옥상이 어떨까?"

……으음, 이즈음에서 이 사태를 수습하는 것이 불가능하다고 판단한 나는 일단 지금까지의 상황을 정리하면서 현실

도피를 하기로 마음먹었다.

지난 달 말에 드디어 시나리오를 완벽하게 완성한 후, 우리의 동인 게임 제작은 드디어 납기 직전의 최종 단계에 돌입했다.

현재 음악과 연출 작업도 순조로우며, 양쪽 다 다음 주 즈음에는 전체적인 윤곽이 잡히는 단계까지 갈 수 있을 것 같았다.

그렇기에 내가 담당하는 스크립트, 연출 쪽도 퀄리티 업을 위해 연기……가 아니라 세세한 부분을 다듬는 단계에 도달했다.

하지만…….

"사와무라 양. 당신이 담당하는 원화(原畫) 파트만 계속 늦어지고 있는데, 남의 연애사에 참견할 여유가 있긴 한 거야?"

순풍에 돛 단 것만 같은 진척 상황에서 굳이 불안요소를 딱 하나 짚어보라고 한다면…….

아니, 그 유일한 불안요소가 다른 모든 빛을 뒤덮어버릴 만큼 커다란 그림자를 드리우고 있는 것은 대체 왜일까.

……그런데 왜 갑자기 연애사라는 말이 튀어나온 거지?

"내가 늦어지고 있는 건 너희가 맡은 시나리오 작업이 늦어졌기 때문이잖아! 게다가 루트를 추가해서 원화까지 왕창 늘었구!"

"정말 죄송합니다!"

그리고 그 불안요소를 만들어낸 당사자인 나는 우타하 선배와 말다툼 중인 에리리를 향해 무릎을 꿇으면서 용서를 빌 수밖에 없었다.

루트를 추가한다는 말을 꺼낸 것도, 루트를 추가한 것도, 그리고 추가 루트용 신규 일러스트를 다섯 장이나 발주한 것도, 디렉터 겸 프로듀서인 나이기 때문이다.

"그래 놓고…… 네가 잡아먹은 시간을 만회하기 위해 자는 시간도 줄여가며 최선을 다하고 있는 내 고생을 알아주지는 못할망정 카스미가오카 우타하와 노닥거리다니……. 애초에 아무 준비도 하지 않고 올해 들어서 갑자기 게임을 만들겠다는 소리를 하지를 않나, 이런 바보 같은 계획에 휘둘리게 되지를 않나, 7년 동안이나 담 쌓고 지내놓고 자기가 필요할 때만 나한테 의지하려고 하지를 않나, 게다가 그때 우리가 멀어진 것도 결국 네가……. 이제 그만 좀 해!"

"아~ 응. 미안."

자신이 하는 말이 아앙아앙, 들썩들썩…… 아니, 꽤나 어이를 상실하고 있다는 걸 눈치챈 에리리는 자기 자신에게 딴죽을 날려서 이후 발생했을지도 모르는 암운을 걷어냈다.

그건 그렇고, 이제 와서 눈치챈 건데 오늘 부활동은 평소와 상황이 미묘히게 다르네.

솔직히 말해 평소에도 눈앞에 있는 이 두 사람 때문에 분위기가 나쁘기는 하지만, 보통은 금방 마무리가 되기 때문에 화근이 남지 않는다.

그래, 알겠어.

오늘은 마무리 담당이…… 아니, 그 녀석이 없군.

"저기, 그런데 카토는……."

"늦어서 미안해."

내가 겨우 그녀의 존재, 아니 그녀가 부재중이라는 사실을 눈치챈 순간, 시청각실 문이 열리더니……

평소처럼 잊혀 있던 그녀가 평소와 다른 상황에서 얼굴을 내밀었다.

"그건 그렇고 꽤나 추워졌네~. 역시 이 시기에 밖을 돌아다니는 건 힘들어."

"으, 응."

멀리서도 추위를 실감케 하는 새하얀 입김을 토하면서, 우리에게 다가오기는커녕 이쪽을 쳐다보려고 하지도 않으면서 적당한 자리에 앉은 이는 매번 인상이 옅다는 점을 이용해 인상을 남기려 하는 예의 인물이다.

멍한 표정에서 흘러나오는 멍한 언동. 멍한 표정에서 흘러나오는 약간의 독기가 서린 비아냥거림. 멍한 표정에서 흘러나오는 약간 상냥한 배려.

"그런데 오늘은 뭘 하면 돼? 디버그 쪽은 얼마나 진행됐어?"

"으음, 그게…… 뭐, 꽤 나갔어."

표정이 딱 하나밖에 없는데다 그 표정이 꽤나 옅기 때문에, 2차원에서라도 빛나게 해주고 싶다고 생각해버린, 그런 평범한 미소녀.

우리의 게임 안에서는 메인 히로인 카노 메구리이자 얀데레 히로인 히노에 루리.

하지만 현실에서는 평범한 동급생이며, 반에서도 딱히 화제가 되지 않는 공기 히로인, 카토 메구미.

"……왜 그래?"

"아, 아무것도 아냐……."

……라고 생각했는데.

평소에는 질소 같았던 카토의 얼굴을, 오늘은 다들 미묘한 감정을 느끼며 바라보고 있었다.

아니, 오늘은, 이 아니라, 최근 며칠 동안 계속 이런 느낌이었다.

예전과 가장 다른 점은 바로 그녀의 헤어스타일이다.

봄에 처음 만났을 때의 단발머리.

여름부터 느닷없이 시작한 쇼트 포니.

그리고 그게 그대로 길어서 된 가을의 포니테일.

지금까지 여러모로 헤어스타일을 변경했지만, 그녀가 지닌 멍한 분위기만은 변하지 않았다.

하지만 지금은…….

"왜 다들 작업을 멈추고 멍하니 있는 거야? 납기일이 코앞까지 다가온 것 아니었어?"

"으, 응. 그랬지……."

"마, 맞아. 미안, 메구미."

"……."

다른 이들을 재촉하는 그녀가 평소와 달라 보이는 것은 고개를 돌릴 때마다 휘날리며 존재감을 뽐고 있는 윤기 넘치는 흑발 롱헤어 때문일까.

처음 봤던 후야제 때 "우타하 선배와 속성이 겹치잖아!"라든가, "아, 그래도 일자 앞머리로 차별화하고 있으니까 아슬아슬하게 세이프려나?" 같은 평가를 평소처럼 하지 않은 것이 지금 내가 처한 이 기묘한 상황을 만들어냈다.

"그럼 모두 다 모였으니까 간단히 미팅이라도 할까?"

뭐, 계속 완전 숙맥 동정 하렘 주인공 같은 소리를 하고 있을 수도 없으니까, 일단 평소처럼 흘려 넘겨버리려고 한 순간…….

"……카토 양, 무슨 일 있었지?"

"예……?"

"우타하 선배?"

그런 내 의도를 아는지 모르는지, 느닷없이 이 분위기를 흐트러뜨리는 발언이 의외의 방향에서 날아왔다.

"당신, 요즘 들어 마음이 딴 데 가 있는 느낌이야. 분명 뭔가, 지금까지 경험한 적 없는 충격적인 개별 이벤트가 있었던 거지?"

카토가 온 뒤로 한 마디도 하지 않고 그녀의 표정을 살펴 보고 있던 우타하 선배가 갑자기 결심이라도 한 것처럼 카토가 앉은 자리 앞에 서더니 정면에서 그녀를 응시했다.

게다가 지금은 카스미 우타코 모드가 아니라 "취조의 달 인 우타 씨" 모드다.

"보아하니…… 남자 문제 같은걸?"

"어?"

"어?"

"어?"

우와, 우리 셋의 목소리가 깔끔하게 하모니를 이뤘어.

"아무래도 정답인 것 같네. 갑자기 예뻐진 자신에 대한 이야기가 교내에 퍼져나간 끝에, 이제 와서 남자에게 고백 이라도 받은 걸까나?"

"무슨 소리 하는 거예요. 딱히, 아무 일도 없었어요."

"그런 것치고는 당신의 오늘 태도와 행동에는 부자연스러 운 점이 너무 많아."

"으, 으음."

"……에리리, 너도 카토가 오늘 좀 이상하다고 생각했어?"

"내가 그런 걸 알 리가 없잖아."

"그건 그래……."

항상 소설을 통해 사춘기 남녀의 세밀한 감정을 추구해온 우타하 선배와 달리, 이 녀석은 에로 동인지로 성인(자칭)의 쾌락만을 추구해왔으니까 말이야.

뭐, 그러는 나도 그런 세세한 변화를 눈치챌 수 있을 리 없는 소비형 돼지다.

그렇기 때문에 흔하디흔한 스토리에 놀라고 감동할 수 있는 거지만 말이야.

"첫 번째는, 평소 지각 같은 건 하지 않는 카토 양이 처음으로 지각한 점."

"그러니까 그건 다른 볼일이……."

"흐음, 그건 어떤 볼일이었어? 괜찮다면 가르쳐주지 않겠어?"

"그, 그건……."

하지만 지금 우타하 선배에게 추궁당하고 있는 카토는 평소의 카토와 달랐다.

"그리고 두 번째는 지금까지 밖에 있었다는 당신의 발언, 그리고 그것을 증명하듯 추위를 타고 있는 점."

"뭐, 뭐어, 조금 전까지 건물 밖에 있기는 했어요."

"어디에 있었는데? 그리고 뭘 했어?"

"카스미가오카 선배……."

카토는 평소처럼 가볍게 흘려 넘길 수가 없었다.

독기 어린 딴죽이기 때문에 응수를 할 수 없었다.

게다가 카토는…… 평소에 비해 멍함이 부족했다.

"그리고 이건 여담인데, 방금 창밖으로 교정을 쳐다보다가, 당신이 한 남학생과 나무 아래에서 단둘이 만나고 있는 모습을 목격했어."

"아니, 그건 여담이 아니라 결정적 증거 같은데요? 다른 건 전부 곁다리 아니에요?!"

인기 연애 소설가의 통찰력에 감탄한 나 자신이 바보 같았다.

아니, 이 사람이 구사한 것은 아무래도 미스터리 작가의 교활함인 것 같았다.

"어때? 카토 양, 반론 안 할 거야?"

그리고 우타하 선배가 판 함정에 그대로 빠지고 만 카토는…….

"으음, 예. 맞아요. 고백 받았어요."

"어…… 어…… 어~?"

카토는 이실직고를 한 덕분에 원래의 멍함을 약간 되찾았다.

……내가, 카토에 가벼운 딴죽을 날리는 걸 깜빡하는 것과 동시에 말이다.

"……."

"……."

하지만 바로 그 때, 카토의 후련해 보이는 표정을 주목하고 있는 이는 아무래도 나뿐인 것 같았다.

그것보다 거기 두 사람. 이쪽 좀 쳐다보지 말라고.

"참고로 윤리 군. 나는 고등학교에 입학한 후 지금까지 선배, 후배, 동급생을 통틀어 서른네 번 고백 받았거든?"

"나, 나, 나는 세 보지 않았지만 아마 세 자릿수는 될 거야!"

그리고 내가 알고 싶지도 않은 편력을 멋대로 밝히지 말라고…….

제1장

"자, 이쯤에서 문제 하나 낼게, 윤리 군."

"아, 예."

그리고 카토의 ^{절친} 충격적인 고백으로부터 30분이 지난 후의 하굣길.

해가 지고 나서도 나이 지긋한 손님들이 끊이지 않는, 음료수 한 잔과 콩과 당분으로 몇 시간 동안 엉덩이를 붙이고 있을 수 있는 카페.

학교 근처에 있는데도 동급생들과 거의 마주치지 않는 성역에, 우리 『blessing software』의 멤버들은 모여 있었다.

"지금까지 마음 편한 친구처럼 여겼던 여자애가 어느 날 화려한 변신을 한 후, 많은 이들에게 주목받게 되었어."

시청각실에서처럼 나와 마주 앉은 우타하 선배는 아이스크림 콜라를 사이에 둔 채, 서로의 숨결이 느껴질 만큼 가까운 거리에서 나와 시선을 마주했다.

"저기, 저를 변신시킨 사람은 바로 카스미가오카 선배—."

"외부인은 입 다물고 있어. 지금 중요한 이야기를 하고 있는 중이란 말이야."

"지금 나누는 이야기의 당사자인 제가 외부인인가요. 그런 건가요."

우타하 선배의 오른편에 앉은 카토는 창가 자리에 앉아 크림소다의 소프트크림을 먹으면서, 석연치 않은 표정을 지은 채 평소와 마찬가지로 멍한 딴죽을 날렸다.

태어나서 처음으로(자체 신고) 고백 받은 것치고는 평소와 별반 차이가 없네.

"그리고 이런저런 일들 덕분에 남자들 사이에서 인기가 천정부지로 치솟고 있어. 게다가 방과 후에 남자에게 불려나가 고백 받은 그녀는 당황하고 말았지."

뭐, 우리 세 사람이 한 테이블에 둘러앉아 하고 있는 건……

"그럴 때 너…… 아니, 주인공이 어떤 행동을 취하게 하고, 어떤 전개로 몰고 가야 재미있는 이야기가 될 수 있을까? 윤리 군이 생각하는 패턴을 말해봐."

바로 『이걸로 당신도 소설가! 카스미 우타코 선생님의 실전 시나리오 강좌』였다.

뭐, 어쩌다 이런 걸 하게 된 것인지는 모르겠지만 말이다.

"으~음……. 우선 히로인만이 아니라 주인공도 주위의 변화 때문에 당황한다. 같은 심경의 변화는 꼭 필요할 것 같아요."

어쩌다 이런 걸 하게 된 건지는 모르겠지만, 왜 이런 시추에이션이 거론된 건지는…… 뭐, 알지?

"구체적으로는? 주인공의 독백 형식으로 표현해봐."

"으, 으음……『가슴 속의 이 응어리는 뭐지? 나를 어디로 끌고 가려는 거지?』."

"세븐스O은 대답해주지 않아. 말 돌리지 말고 진지하게 생각해봐."

"아니, 딱히 말 돌리려는 건……. 아, 아무튼,『이 가슴 속의 응어리는 뭐지? 나, 혹시 그 녀석을…….』이 정석이겠죠?"

"뭐, 정석일지도 모르지만, 너무 진부하고 흔해서 신선미가 없는, 이런 특징 없는 대사로 유저들을 끌어들일 수 있을지는 솔직히 의문이야."

"네, 네에……."

부끄러움을 참으면서 진지하게 대답했다가 난도질 당하고 말았습니다.

"뭐, 그런 정석 이벤트 후에 고백 이벤트로 이어질 거예요.『이제야 깨달았어. 나, 너를…….』같은 느낌으로 말이에요."

"아~ 맞아. 일부러 먼저 고백한 남자애 앞에서 그런 대사를 하잖아."

"어찌 보면 주인공이 멋지게 활약하는 장면이기는 해. 하지만, 냉정하게 생각해보면 지금까지 여유 부리면서 내버려뒀던 여자애를 남에게 **빼앗길** 것 같아지자 아까워하는 것처럼도 보이네."

"아니, 제작자가 그런 말을 하는 건……."

프로가 말해주는 매우 귀중한 의견이고, 엄청 참고가 되는데다, 앞으로 이 의견을 살려나가고 싶다는 생각도 있긴 했다. 하지만 크리에이터로서도, 인간으로서도 지나치게 노골적인 의견인지라, 작품이나 작가에게 꿈과 환상을 품는 유저에게는 도저히 들려주고 싶지 않은 의견이다. 예를 들자면 나 같은 녀석에게 말이다.

"하지만 설령 진부한 대사라고 해도, 말투와 연기를 통해 느낌이 달라질지도 몰라……. 윤리 군. 시험 삼아 한번 감정을 담아서 말해볼래?"

"예?『드디어 깨달았어. 나……』말이에요?"

"그래. 잘 들어. 내가 하는 말을 따라 해봐. 그럼 시작한다?『드디어 깨달았어. 나에게는 선배밖에 없다는 걸……』"

"……왜 대사를 살짝 바꾼 거예요? 그리고 그건 뭐예요?"

어느새 내 앞에는 녹음 버튼을 눌러둔 녹음기가 놓여 있었다.

"약간 범용성 있게 만들어봤을 뿐이야. 그리고 겸사겸사

자료로 삼을까 해서 말이야."

"대체 어떤 용도로 쓸 생각이었던 거야?"

"물론 창작의 영감(靈感)을 얻는데 쓸 거야."

"영감이 아니라 다른 게 끓어오르는 거 아냐?"

"……이래서 능욕계열 에로 동인 작가는 문제라니깐. 표현 하나하나가 너무 미천하잖아. 앞으로 사회생활을 제대로 할 수 있을지 정말 걱정이네."

"작품에서는 우등생인 척 하지만 한 꺼풀 벗겨보면 에로 망상에 사로잡힌 퉁명 색마 작가에게 그런 소리를 듣고 싶지 않아."

"제발 부탁이니까 팬이 격감할 것 같은 디스 대결 좀 하지 말라고……."

참고로 우타하 선배와 골 때리는 커뮤니케이션을 취한 사람은 나도, 카토도 아니다.

이 가게에 들어오자마자 "이렇게 시끄러운 테이블에 앉을 생각 없어. 나는 다른데 앉을래."라고 말하면서 옆 테이블에 앉은 에리리였다. 아무래도 그녀는 아직 생존중인 것 같았다.

지금도 테이블 위에 스케치북을 펼치더니, 아이스크림 콜라를 마시면서 원화 러프 스케치를 하고 있었기 때문에 나도 심한 소리를 할 수 없었다…….

"뭐, 좋아. 말꼬리 잡을 줄만 아는 꽁지 내린 개는 무시할래."

"누가 꽁지 내린 개야. 그러는 너야말로 꽁지 내린 너구리잖아. 성격을 봐도, 체형을 봐도…… 아하하하하하하하하하."

"……다른 패턴이라면, 약간 시점을 바꿔서 실은 히로인이 주인공의 마음을 확인하기 위해 연기했다는 패턴도 있어."

"아~ 그런 것도 몇 번 본 적 있어요."

아무튼 이 두 사람 중에서는 우타하 선배가 아주 조금 더 어른인 것 같았다.

"주인공과 친구 이상의 관계로 발전하지 못하던 그녀는 결국 최후의 승부에 나섰다……. 일부러 주인공 앞에서 다른 남자를 칭찬하거나, 데이트 신청을 받은 것을 자랑하는 거야."

"그래도 결국 마지막에 가서 주인공이 히로인을 되찾잖아요? 그럼 이용만 당한 다른 남자가 너무 불쌍한 것 같은데요."

마음이 없으면서 남자가 착각할 수 있는 태도를 취한다니, 완전 너만의 꽃뱀이잖아.

"하지만 그 남자는 주인공을 돋보이게 하기 위해서만 존재하니까, 주인공에게 감정이입한다면 딱히 불쌍해할 필요는 없을 거야."

"아니, 그건 현실에서도 주인공처럼 이성에게 인기 많은 자식들의 생각이잖아요. 리얼 세계에서는 서브 캐릭터밖에 안 되는 나 같은 진성 오타쿠는 그런 장면에서는 이용만 당한 남자에게 감정이입 한단 말이에요."

내가 『지렁이도, 땅강아지도, 서브 캐릭터도 다 살아있는 생명이라고요.』라고 말하려 한 순간……

"…………말 잘했어……. 진짜로 말 잘했어, 이 ○○○……."

"○어버리면 좋을 텐데……. 진짜로 ○어버리면 좋을 텐데……."

"어? 어? 어?"

어쩌면 설명해도 이해가 되지 않을지도 모르지만, 주위의 공기가 순식간에 거무튀튀한 느낌의 짙은 보라색으로 변했다.

"아~ 으음~ 저기, 죄송해요……. 아, 제가 사과하면 더 화나겠죠?"

"뭐? 너희 대체 무슨 소리를 하는 거야?!"

아무래도 저 세 사람은 이런 분위기가 생겨난 원인에 대해 공통적인 견해를 가지고 있는 것 같았다. 어느새 우리 서클의 결속도 단단해졌다는 생각이 든 나는 감개무량함을 느꼈다.

문제는 대표가 그 안에 포함되지 않는다는 점이지만 말이다.

"그, 그래! 이런 패턴도 있죠? 인기를 얻고 당황한 히로인이 무슨 생각인지 주인공에게 『가짜 애인이 되어줘.』라고 부탁하는 전개는 어때요?"

우타하 선배가 다리를 덜덜 떨기 시작했다는 사실을 무릎을 통해 감지한 나는 허둥지둥 화제를 돌려서 이 분위기를 바꿨다.

"……뭐, 있긴 해."

"처음에는 어색해하면서도 어쩔 수 없이 애인인 척 해주는 주인공. 주위 사람들에게 놀림을 받고 부끄러워하면서도 그녀와 가까워진 것을 기쁘게 여기고 있었다……. 하지만 주인공은 곧 깨닫고 만다. 자신들의 관계가 거짓에 불과하다는 사실을."

상대가 투덜거리면서도 이 화제에 응했다는 사실을 깨달은 나는 이때라는 듯이 조금 전까지의 이야기를 얼버무리려…… 아니, 뜨거운 목소리로 말했다.

"그녀가 아무리 기쁨에 찬 미소를 지어도, 그것은 진심어린 미소가 아니다. 그녀가 아무리 자신을 바라봐주더라도, 그것은 진정한 연정에서 비롯된 것이 아니다. 그녀가 아무리 사랑을 속삭여도, 그것은 진실된 사랑이 아니다. 그런 슬픈 『거짓 사랑』의 이야기. 줄여서……."

"줄이지 않아도 돼."

그리고 우타하 선배는 최근의 억지로 줄임말을 만드는 풍조에 부정적인 것 같았다.

"자신들의 행위가 거짓이라는 사실에서 괴로움을 느끼는

주인공. 이윽고 쌓이고 쌓인 스트레스가 폭발하면서, 그들의 거짓된 연인 관계는 끝을 맞이한다."

"흐음, 엄청난 위기네."

"엄청난 위기일수록, 그것을 극복하는 대역전 해피엔딩이 두드러진다고요! 낙차가 큰 편이 이야기는 뜨거워지고, 우리는 히로인에게 푹 빠져들죠. 우타하 선배가 나한테 그걸 가르쳐줬잖아요?"

내가 아직 풋내기이고, 우타하 선배가 말해주는 스토리론(論)을 하늘의 계시인 것처럼 그저 숭배하던 그 시절.

내가 직접 시나리오를 쓰게 된 지금 생각해보니 선배가 내 머릿속에 심은 각종 창작 아이디어는 그야말로 찬란히 빛나고 있는 보물 상자나 다름없었다.

"그래. 해피엔딩이 약속된 미소녀 게임이나 모예 계열 코믹이라면 그런 걸로도 충분히 즐길 수 있을 거야. 하지만……."

하지만, 내 질문을 들은 우타하 선배는 음탕한 암컷 같은 얼굴……이 아니라, 짓궂은 크리에이터의 얼굴로 대답했다.

"하지만 리얼계 연애 소설이라면 그런 사소한 오해가 이윽고 돌이킬 수 없을 만큼 심각한 엇갈림으로 발전할 수도 있어. 그녀가 주인공을 포기한다든가, 고백을 한 남자와 사귀게 된다든가, 그 남자가 실은 쓰레기라서 그녀가 강제로 갖은 능욕을 다 당하는 양아치 아가씨 맛 간 얼굴 더블 피스 엔딩이 벌어질 수도 있단 말이야."

"싫어요. 그만해요. 꿈도 희망도 없는 여자의 리얼을 제시하지 말라고요!"

아니, 그건 리얼계 연애소설이 아닌 것 같은데? 완전 NTR 에로 게임 아냐?

"서브 캐릭터를 행복하게 해주라고 하도 떠들어대서 그럼 행복하게 해줄 생각으로 히로인과 붙여줬더니 이번에는 분노를 터뜨려대다니, 정말 유저란 인종은 성가시다니깐."

"그러니까 크리에이터는 그런 생각을 하더라도 입 밖으로 내면 안 된다고요!"

지금 내 눈앞에 있는 것은 짓궂은 크리에이터의 얼굴 같은 상냥한 것과는 거리가 멀어도 한참 멀었다.

지금 내 눈앞에 있는 것은 남자의 꿈이 박살나는 시추에이션을 철저하게 파악하고 모에 돼지들에게 치명적 데미지를 주는 것에 특화된 여류 작가의 거무튀튀한 미소였다.

"자아, 그럼 이쯤에서 다음 문제를 낼게."

우타하 선배는 자신이 날린 정신 공격 때문에 머리를 감싸 쥔 채 부들부들 떨고 있는 나에게서 시선과 흥미를 뗐다. 그리고 새로운 사냥감을 갈구하듯 왼쪽을 쳐다보더니 조금 전과 변함없는 말투지만, 무시무시한 무언가가 담긴 듯한 목소리로 물었다.

"지금까지 『주인공 이외의 남자에게 고백 받은 여자애』라는 상황에서 여러 가지 전개 패턴을 상상해봤잖아? 카토 양, 당신은 그 중에 어느 것에 해당해?"

"으음~ 지금까지 한 이야기가 전부 이 질문을 위한 전 단계였다니, 너무 돌려서 말하는 거 아니에요? 카스미가오카 선배."

……그리고 이 회심의 공격을 받은 카토는 평소와 마찬가지로 스마트폰을 만지작거리면서, 성의나 위기감 같은 것은 전혀 느끼지 않는 듯한 투로 대답했다.

"어떻게 할 거야? 사귈 거야? 거절할 거야? 아니면 주인공이 어떤 반응을 보이는지 한동안 관찰할 거야?"

하지만 우타하 선배는 카토의 대충 흘려 넘기는 스킬을 오늘만큼은 눈감아주지 않았다.

선배가 강경한 태도를 취하자, 카토도 그제야 스마트폰에서 눈을 떼면서 선배를 향해 고개를 돌렸다.

"당신의 대답여하에 따라 어디 사는 얼간이 주인공의 행동과 결단과 독자 호감도가 크게 변할 가능성이 있어."

참고로 『어디 사는 얼간이 주인공』이라고 선배가 말한 타이밍에 내 정강이에 무언가가 닿았다. 아프다.

지금은 아무도 나를 쳐다보고 있지 않은데, 이렇게 정확한 토킥(toe kick)을 날릴 줄이야.

"으음~ 이런 말을 하는 건 조금 그렇지만……."

"뭔데?"

"카스미가오카 선배, 요즘 삶을 재촉하고 있지 않아요?"

"…………."

카토의 표정과 말투에서는 우타하 선배를 향한 걱정과 배려가 넘칠 정도로 느껴졌다.

……하지만 우타하 선배는 저 자애에 가득 찬 시선과 배려가 거슬렸는지, 아까보다 더 험악한 표정으로 카토를 노려보고 있었다.

이제 싫어! 이렇게 무서운 자리에 있고 싶지 않아! 나도 다른 테이블로 옮긴 후 내일 아침에 차갑게 식은 채 발견되고 싶다.

"그건 말이야. 나도 이런 말을 하는 게 석연치 않다고 생각해."

이번에는 『그건 말이야』와 『나도』와 『이런 말을』과 『하는 게』와 『석연치』와 『않다고』와 『생각해』라고 말하는 타이밍에 내 두 정강이에 토킥의 콤비네이션이 꽂혔다. 무지막지하게 아프다.

"그래도 일단 이 서클은 지금 중요한 시기야. 겨울 코믹마켓은 앞으로 한 달도 남지 않았고, 게임 납기일까지 2주도 남지 않았어. 우리 모두의 마음을 하나로 모아야 하는 시기잖아."

"우타하 선배……."

하지만 우타하 선배의 진심이 실린 대사를 들은 나는 그 고통조차 잊고 말았다.

뇌리에 '아프냐? 하지만 나는 더 아프단다!'라고 말하면서 눈물을 흘리는 열혈 교사의 모습이 떠올랐다.

뭐, 요즘은 아무리 열정이 있다고 하더라도 체벌은 NG지만 말이다.

"……뭐, 그런 중요한 시기에, 아직 일러스트도 완성하지 않았으면서 서클에 혼란과 위기를 가져오는 불온분자가 있기는 하지만 말이야."

"ㅇ어. ㅇ어. ㅇ어ㅇ어ㅇ어 ㅇ어 ㅇ어버려. 라이트노벨 업계에서 사라져 버려. ㅇ어."

왠지 먼 곳에서 엄청 음울한 템포와 곡조의 노래가 들려오는 것 같은 느낌이 들었지만 지금은 신경 쓰지 않는 편이 현명하다고 판단한 나는 묵살하기로 했다.

솔직히 말해, 저 녀석은 정말 갈 때까지 갔군…….

"그러니까 카토 양……."

"카스미가오카 선배."

"응?"

그런 입가심용 잡담을 한 우타하 선배가 다시 카토를 향해 고개를 돌린 순간.

"이미 답은 나왔네요. 방금 카스미가오카 선배가 말한 대로예요."

"내, 가?"

"지금은 모두의 마음을 하나로 모아야 하는 시기라면서요?"

이번에야말로 카토는 진심어린 미소를 지으면서 우타하 선배를 정정당당하게 맞상대했다.

"카토, 그 말은……."

흑발 롱헤어 미인이 가까운 거리에서 마주보고 서있으니 캐릭터가 겹치…… 아니, 장관이네.

"저는 지금 이대로가 좋아요."

"……잠깐만, 카토 양. 그건 완벽한 커뮤니티 붕괴 플래그야."

"아~ 아뇨. 그러니까……."

우타하 선배가 무슨 말을 하는 것인지 나는 이해하지 못했고, 이해하고 싶지도 않았지만, 그래도 카토의 말과 표정에는 내 마음에 스며들 듯한 멍함으로 가득 차 있었다.

"실은 말이죠……. 고백 받기는 했지만, 바로 차이고 말았어요."

"뭐? 대, 대체 왜……?"

아니, 그것은 멍함이 아니라…….

"그게 무의식적으로『겨울 코믹마켓이 얼마 남지 않아서 지금은 좀……』이라고 대답했더니, 상대가 질려 버려서……."

"카토……?"

"카, 카토 양?"

"메, 메구미?"

"으음. 나, 어느새 오타쿠가 되어버린 걸까?"

그런 비(非) 오타쿠에게 있어서는 치명적인 발언을 입에 담고, 약간 부끄러운 듯이 웃는 카토는……

지금은 그저, 솔직하게 말하는 편이 좋을지도 모른다.

"뭐, 확실히 그건 좀 문제 발언이기는 하지만, 그래도 거짓말을 한 건 아니니까 괜찮겠지?"

"아니, 잠깐만……"

"그래서 좀 전에도 그렇게 말한 거야. 지금 나에게 있어서 가장 중요한 건 서클과 작품, 그리고 겨울 코믹마켓이거든, 아키 군."

"네가 지금 무슨 소리를 하는 건지 모르겠다고!"

정말 모르겠다.

왜냐하면 너무 눈부셔서……

"그, 그럼…… 그런 마음을 먹은 것은 대체 누구를 위해서야?"

"저기, 카스미가오카 선배…… 뭐든 연애 쪽으로 결부시키지 좀 말아줄래요?"

"무슨 소리 하는 거야? 지금의 카토 양은 마성의 여자, 사랑하는 그를 위해서라면 그 누구라도 태연하게 발판으로 삼을 수 있는 여자, 히노에 루리잖아?"

"으음~. 죄송하지만, 카스미가오카 선배. 저랑 루리의 공통점은 헤어스타일뿐이거든요? 인격까지 선배의 캐릭터 설정을 답습하고 있는 건…… 아, 전화 왔어요. 잠깐 실례할게요."

아마 나와는 다른 이유로 납득하지 못한 듯한 우타하 선배가 카토를 계속 추궁하려고 한 순간, 책상 위에 놓인 스마트폰에서 착신음이 흘러나왔다. 그와 동시에 카토를 추궁하는 것은 일단 중지되었다.

……그리고 잠시 후, 전화 너머의 상대와 열심히 대화를 나누던 카토는 이윽고 전화를 끊더니, 우리를 바라보면서 진지하면서도 즐거운 표정을 지었다.

그리고 또 우리에게 엄청난 서프라이즈를 안겨줬다.

"아, 미안하지만 다들 지금 바로 아키 군의 집에 모여주지 않겠어?"

"우리 집? 왜?"

"카토 양. 방금 전화 상대는 누구야?"

"예? 효도 양인데요? 엔딩 주제가가 완성되었으니까 들려주러 온데요."

"엔딩…… 주제가?"

"잠깐만, 그게 무슨 소리야?"

"……메구미?"

나도 그 말의 의미는 물론 알고 있다.

하지만 나는 기억에 없었다.

얼마 전에 내가 억지로 끌어들인 후, 긴박한 스케줄 속에서 투덜대면서 작업하고 있는 음악 담당에게, 그런 엄청난 사양의 곡을 부탁한 기억이 말이다······.

제2장

기타로 꼬시려고 하다니 정말 딱해서
두고 볼 수가 없네

"다들~ 안녕~! 밋치의 오늘 첫 원맨 라이브에 와줘서 고마워~!"

"어이, 여기는 주택가라고. 지금은 밤이라고. 즉, 이웃들에게 민폐라고!"

그런 고로 카토의 충격적인 제안으로부터 약 30분 후…… 우리는 종착점인 내 집에 와있었다.

해가 졌는데도 여전히 부모님이 돌아오지 않은, 남자 고교생의 집인데도 어째선지 항상 여고생들로 북적대는, 평소와 다름없는 아키 가(家).

만약 우리 학교 관계자에게 들켰다간 엄청난 문제로 발전해도 이상하지 않은 이 오타쿠의 소굴에, 우리 『blessing software』의 풀 멤버가 모였다.

"으음, 그럼 바로 첫 곡……부터 서프라이즈하게 가볼까나~! 실은 말이야~. 오늘은 신곡을 준비해 왔습니다~! 이라이브에 와준 여러분에게 처음으로 선보일 거야~!"

"입 좀 다물어. 하다못해 작은 목소리로 말해."

"……"

"……"

"아, 아하, 아하하……"

그렇다. 『풀 멤버』다.

내 오른편에는 차분한 척 하고 있으면서도 언짢은 기색을 여지없이 드러내며 이 큰 목소리의 주인을 아무 말 없이 노려보고 있는 우타하 선배.

내 왼편에는, 절대 반응하지 않겠다는 듯이 쉴 새 없이 스케치북에 무언가를 그려대고 있는 에리리.

그리고 그녀의 왼편에는 그런 두 사람이 이쪽에 관심을 가지게 하려고 필사적으로 노력하고 있지만, 아티스트가 저 모양 저 꼴인 탓에 본인조차도 질려버리고 만 카토.

그리고…….

"으음~ 오늘 온 손님들은 텐션이 낮네~."

"네 텐션이 이상하게 높은 거야! 그리고 몇 번이나 말했지만 좀 조신해지라고."

"어쩔 수 없잖아! 사흘 밤낮으로 한숨도 안자고 노래를 만들었단 말이야."

그리고 내 정면, 스테이지인 내 침대에 교복 차림으로 양반다리를 하고 앉아 느긋하게 기타 칠 준비를 하고 있는

『자칭』 아티스트.

　내가 눈 둘 곳 없게 만드는 자세와 동작으로 건강미 넘치는 색기를 흩뿌리는, 약간 독특한 장신 단발머리 미소녀 사촌.

　앞뒤 가리지 않는 될 대로 되라 사고방식으로 일으켜온 수많은 트러블.

　그런가 하면 같은 피를 나눴다는 이유로 주저 없이 저질러 대는 과격한 스킨십.

　그런가 하면, 여고에 다니느라 남자에게 익숙하지 않은 탓에 때때로 보여주는 순정파틱한 행동들.

　여러 가지 얼굴을 가졌으며, 친척이기 때문에 평생 알고 지낼 수밖에 없는지라 진심으로 곤란하기 그지없는 무방비 에로스계 소녀.

　얼마 전 애니메이션송 라이브에서 데뷔했지만 오타쿠는 아닌 밴드 소녀, 『icy tail』의 밋치, 효도 미치루.

　"그것보다, 이게 어떻게 된 건지 설명해주겠어? ……카토."

　"아, 응. 그게 말이야……."

　"이야~ 그러니까~ 토모가 나를 원한다면서 무지 응석 부리고 있다잖아? 하지만 나도 지금까지 마구 이리저리 휘둘리기만 했고, 더 어울려줬다간 몸이 버티지 못할 것 같아서 거절하려고 했거든~? 그래도 사촌 남자애가 드디어 사나이가 되려고 하는데, 최대한 도와줘야 하지 않겠어? 그래서 이 누님~이 한꺼풀 벗겨……가 아니라, 한 팔 걷어붙이고 도와주기로 한 거야~."

"……윽."

"……윽."

"……미치루, 내 말 안 들렸어? 나는 카토에게 물었으니까 너는 입 다물고 있어."

"에이~."

어차피 미치루에게 물어봤자 제대로 된 대답을 들을 수 없다는 것을 알고 있던 나는 말이 통하는 카토에게 질문을 던졌다.

솔직하게 말하자면, 미치루의 『깊이 생각하지도 않고 될 대로 되라는 듯이 적당히 중얼거려서 에로 방면으로 오해를 살 수 밖에 없는 슈퍼 화술』 때문에 짜증이 난 양 옆의 인물들에게 물리적 공격을 받고 있는 내 입장이 좀 되어줬으면 한다.

"그럼 나부터 이야기할게. 으음, 실은 일전에 효도 양에게 이 게임의 테스트 플레이를 부탁했어."

"맞아! 지난주에 까또한테서 갑자기 연락이 와서~."

"아, 효도 양. 내가 설명할게. …………그리고 이름으로 부르는 건 OK지만 하다못해 제대로 된 발음으로 불러달라고 일전에 부탁했었잖아?"

"어라~. 그랬었나? 아~ 미안미안, 카토."

어라, 카토도 짜증이 좀 난 것 같은데?

뭐, 지금은 그런 여자애의 사소한 자존심에 관한 건 일단 제쳐두기로 하고……

"테스트 플레이? 왜 미치루 따위에게 그걸 부탁한 거야?"

"나『따위』……?"

"아, 미안……."

"뭐, 아키 군이 그런 말을 하는 것도 이해는 해. 효도 양은 오타쿠가 아니고 게임 같은 걸 해본 적도 없어서 처음에는 전혀 흥미를 가지지 않았어. 디버그가 뭔지도 모르는 데다, 인스톨하는 방법을 가르쳐주는데 한 시간이나 걸렸고, 플레이를 시작한 후에도 금방 질려서 기타를 치기 시작했거든."

"……역시 앞으로도 계속 까또라고 부를래."

왠지 저 말만 들어도 카토가 얼마나 고생했는지 알 수 있을 것만 같았다.

그리고 아무래도 여자애의 사소한 자존심이라는 것은 남자들이 생각하는 것보다 훨씬 뿌리 깊은 것 같았다.

"하지만 결과적으로 본다면 헛된 짓은 아니었어. 아키 군."

그야 자초지종만 얼추 들어봐도 헛되지 않았다는 것은 알 수 있다.

그것도 그럴 것이, 엔딩에 노래가 추가된 거라고.

동인 소프트, 그것도 풋내기 디렉터의 데뷔작에 말이야.

프로 소설가의 시나리오뿐만 아니라, 인기 동인 일러스트레이터의 그림뿐만 아니라, 거기에 오리지널 보컬 곡까지 추가됐단 말이야.

그게 얼마나 말도 안 되는 일인지, 초등학생 때부터 코믹마켓에 갔던 내가 모를 리가 없잖아.

"하지만 대체 왜 그런 걸……."

"효도 양이 아키 군이 쓴 추가 스토리를 플레이해보고 말이야……. 이대로는 안 된다고 했어."

"뭐라고?! 미치루! 너 따위가 뭔데 내 시나리오에다가 그딴 소리를 하는 건데?!"

"뭐어~?! 그렇게까지 말해야겠어?!"

아~ 일단 반성 삼아 미리 말해두겠다.

지금까지 단 한 작품도 이 세상에 내놓은 적이 없는 소비형 돼지…… 아니, 순수하게 작품을 즐겨온 유저가 자신의 지식 레벨이나 부족한 경험 면을 깡그리 잊고…… 아니, 내 실력 부족을 꿰뚫어보고 혹평을 했다고 해도, 만든 쪽에서는 결코 화를 내거나 익명 게시판에서 난리를 치거나 블로그나 SNS에서 욕을 하면 안 된다.

조용히 그 비판을 받아들이면서 열정을 끌어올린 후, 다음번에 더욱 좋은 작품을 만들 수밖에 없어. ……진짜로 그 방법밖에 없단 말이야.

"아~ 그런 게 아냐. 그런 게 아니라구, 아키 군."

"그, 그럼 대체 무슨 뜻인데?"

카토는 말도 안 되는 억지를 부리는 여친을 달래는 남친 같은 어조로 말했다.

나, 지금 그렇게 꼴불견스러운 짓을 하고 있는 건가?

"효도 양은 이대로 가면 자기가 아키 군에게 전혀 도움이 되지 않는다면서, 더욱 힘이 되어주고 싶다고 말했어."

"뭐……?"

"자, 잠깐만, 까또! 그 말은 안 하기로 약속─."

"까또가 아니라 카토야."

"……카토."

『이제 질렸으니까 그 호칭 가지고 그만 좀 왈가왈부해.』라는 딴죽은 분위기상 봉인하기로 한 나는 고개를 돌리고 만 미치루를 쳐다보았다.

"뭐, 그렇게 생각하는 것도 당연할 거야. 효도 양이 플레이한 아키 군의 시나리오는 미완성 상태였거든."

그야 그럴 거야……. 시나리오가 나온 후로 보름도 채 지나지 않았으니까 말이야.

"그래서 음악이 전혀 맞지 않았어. 연출도 아직 다듬어지지 않았어. 그림도 아직 다 완성되지 않았지."

"……그렇게 은근슬쩍 나를 압박하지 좀 마, 메구미."

"정말 에리리와 아키 군은 피해망상이 심하다니깐."

카토가 또 얀데레 여친을 달래는 남친처럼 약간 지친 듯한 표정을 지었다.

그래도 방금 그 발언은 좀 신중하지 못했다.

『그림이 완성되지 않았다』를 마지막에 거론한 바람에 그게 가장 큰 문제점인 것처럼 부각된 것이다……. 아니, 그래도 겨우 그것만으로 저런 반응을 하는 것도 좀 골 때리기는 하네.

"그래서 말이야. 다시 둘이서 시나리오를 읽으면서 어디에 어떤 BGM을 넣을지 상담했어."

"너희 대체 뭘 한 거야……."

"음? 게임을 만들었을 뿐이야."

"아니, 그러니까……."

카토와 미치루가 하는 짓은 여러모로 문제가 많았다.

디렉터인 나에게 아무 말 없이 멋대로 멤버들끼리 의논해서 곡을 늘리다니, 서클의 질서를 흐트러뜨리는 행위다.

뭐, 지난주의 나는, 아니, 최근의 나는 내 작업에 몰두하고 있어서 정신이 없기는 했지만, 그래도 보고 정도는 해줬어야 했다.

"그 작업은 월요일에 끝났는데, 효도 양 생각으로는 곡이

하나 부족한 것 같대. 그래서 지금부터 만들기로 했어."

"마지막 엔딩은 다른 것들과는 완전 다르잖아. 엄청 행복한 결말이라구."

"미치루?"

"그 엔딩에 다른 엔딩에 쓰인 곡을 쓰면 완전 꽝 아니겠어?"

"아……."

미치루가 말한 『이대로는 안 된다.』는 말은…….

"처음에는 곡만 만들었는데, 왠지 느낌이 살지 않는 것 같아서 말이야~."

"그래서 어떻게 할지 의논하다가, 효도 양이 노래를 넣어 보는 건 어떻겠냐고 했어."

즉 그렇게 된 거냐.

너희는 그저 좋은 작품을 만들고 싶었던 거구나…….

"그런 뽕뽕 소리로 노래를 연주할 수 있을지 걱정이었지만, 요즘은 CD음원을 넣을 수 있다면서?"

"대, 대체 왜 네 머릿속의 게임은 그렇게 패미콤 레벨인 거야? 너, 패미콤 본 적 없지?"

나는 딴죽을 날렸지만, 왠지 평소만큼 날카롭지 않았다.

"그럼 할 수 있을 것 같더라고……. 이야~ 실은 작사하면서 무지 고민했어. 결국 오늘 아침에야 완성했지 뭐야."

"으……."

그럴 만도 하잖아?

내가 오타쿠로 끌어들인 일반인과, 지금도 오타쿠를 이해하지 못하는 리얼충.

우리 서클 안에서도 가장 오타쿠와 거리가 먼 두 사람이.

게임 제작의 노하우도, 모티베이션도 없던 두 사람이.

이렇게 열심히, 게다가 남이 시켜서가 아니라 스스로 나서줄 거라고 누가 생각이나 했겠냐고.

"이걸로 설명 끝. 남은 건 직접 들어보고 넣을지 말지 판단해줘, 디렉터."

"미치루……."

미치루의 평소와 다름없는 미소와, 그 뒤를 이은 득의양양한 윙크.

내가 지금 무슨 생각을 하는지 전부 꿰뚫어보고 있는 듯한 저 장난기 어린 표정을 본 순간, 나는 이해하고 말았다.

그렇다. 그래서 이 사실을 지금까지 비밀로 해온 것이다.

너, 그냥 나를 깜짝 놀라게 해주고 싶었던 것뿐이지? 그런 거지?

정말 제멋대로에, 친한 척만 잔뜩 해댈 뿐만 아니라, 분위기 파악을 못하는 녀석이다.

그래도 반강제로 제작에 참여하게 된 게임을 위해 사흘이나 밤샘하고.

완성되자마자 노래를 들려주기 위해, 우리 집에 쳐들어

왔다.

　지금도 분명 피곤할 텐데.

　아니, 피곤하기 때문에 더욱 밝고, 즐겁고, 활기찬 것이다.

　그런 명랑하고, 느긋하며, 장난기 많은 미치루가 준비한 특대 서프라이즈.

　"그럼 들어주세요. ……제목은 『토모에게 바치는 발라드』."

　"뭐어어어어엇?!"

　"…………윽!"

　"너, 잠깐만?!"

　"아～ 나는 제목에는 관여 안했어. 나도 지금 알았다구."

　……라고 생각했더니, 분위기 파악 못하는 걸로 유명한 이 녀석의 장난기가 이렇게 화기애애하게 이야기가 끝나는 걸 용납할 리가 없었다.

※　※　※

　"휴우～. 개운하다. 아～ 기분 좋았어."

　"……그렇게 먹어대놓고 잘도 바로 목욕을 하네."

　어느덧 미니 라이브가 끝나고 두 시간 정도 경과했다.

미치루는 신곡을 선보인 후, 느닷없이 "좋아~! 이걸로 금욕 생활 끝~!"이라고 외치면서 침대에 다이빙하여 집으로 돌아가려고 하는 다른 멤버들을 한순간 경직시켰다. 그리고 피자 가게에 전화해서 피자와 포테이토와 파스타와 치킨을 주문하더니, 80% 정도를 혼자서 먹어치웠다.

게다가 그 직후 의기양양하게 내 방에서 옷을 벗기 시작했고, 내가 허둥지둥 그녀를 욕실에 집어넣었을 때는 팬티를 벗으려 하고 있었다.

언제나 하는 생각이지만, 이 녀석은 진짜 본능에 충실하게 살고 있다니깐.

"토모도 목욕하지 그래?"

"나는 조금 있다 할래."

그리고 이렇게 내 방에 돌아온 그녀의 옷차림은 내가 욕실에 집어넣었을 때와 거의 동일한 노출도였지만, 무슨 소리를 하든 통하지 않을 게 뻔했다.

"물 온도가 딱 좋던데…… 다시 끓이면 가스비가 적게 들거야."

"우리 집 광열비를 걱정할 여유가 있으면, 방금 내가 지불한 피자 값이나 걱정해 달라고."

비슷한 또래의 여자애가 들어갔던, 그 여자애의 향기와 온기가 남아있을 물에 어떻게 들어가냐고.

"하지만 빨리 안 들어가면 그것도 사라지지 않고 계속 남아있을걸?"

"뭐? 뭐가 남아있을 거라는 거야?"

내가 일부러 거리를 두고 있는데도 미치루는 새하얀 다리를 서슴없이 뽐내며 내 앞에서 무릎을 꿇더니, 막 목욕을 한 탓에 달아오른 얼굴을 내밀면서 나를 올려다보았다. 이 녀석은 그야말로 이성의 적 혹은 번뇌의 여신이다.

"여기…… 흔적이 남아 있어."

"윽?! 미, 미치루!"

……아, 안 그래도 내 심장에 부담을 주는 사촌이, 내 가장 부끄러운 부분을 서슴없이 만졌다.

"아하하……. 이야~ 이겼다, 이겼어. 완전 승리~."

"시끄러워!"

눈물 자국이 새하얗게 남아있을 내 눈 밑을 말이다.

두 시간 전의 나는 정말 꼴불견이었다.

그저 노래를 들었을 뿐인데, 남들의 시선을 신경 쓰지 않고 엉엉 울어댔다.

"으음, 최선을 다해 만든 보람이 있네. 혼을 담아 노래한 보람이 있어."

"시, 시끄럽다고 했잖아……."

하지만 어쩔 수 없잖아.

진짜로 감동했다고.

미치루의 곡은, 노래는, 목소리는, 뭐랄까, 내 심금을 마구마구 울렸다.

평소의 대충대충인 모습에서는 상상도 되지 않을 만큼 섬세한 기타 음색.

평소의 제멋대로라고 해도 과언이 아닌 말투에서는 상상도 되지 않을 만큼 상냥한 가사.

평소의 폭주하는 듯한 성격에서는 상상도 되지 않을 만큼 맑은 목소리.

격조가 높으면서도, 애니메이션 송 같은 느낌을 지녔다.

우리의 작품에 대해 잘 알 뿐만 아니라 충분히 이해했다는 사실까지 전해져왔다.

기나긴 저주에서 해방된 후, 아무런 우려도 없는, 그리고 마음 깊은 곳에서 우러나온 웃음을 흘리는 주인공과 히로인들의 웃음소리가 들리는 것만 같았다.

……정신을 차리고 보니 눈물을 줄줄 흘리고 있는 나를, 다른 청중들은 야유하거나 비웃지 않았다. 아티스트 본인을 제외하고 말이다.

그리고 그들이 비웃지 않은 이유를 나는 알고 있었다.

비웃지 않은 것이 아니라 못한 것이다.

나를 비웃는다는 것은 자신을 비웃는 것이나 마찬가지라는 것을 알고 있기에.

그 정도로, 이 자리에 있는 모든 이들이 그 노래에 빠져

들었다는 것을 전원이 알고 있기에.

그저, 풋내기 싱어송라이터의 BGM을 듣고 말이다.

"뭐랄까……."

"응?"

"자신의 작품으로 남을 감동시키는 기분은 정말 끝내주네."

그리고 미치루의 목소리는 조금 전의 나처럼 약간 젖어 있었다.

그렇다. 작품이 전하는 감동은 결코 일방통행이 아니다.

콘텐츠를 접한 이들이 받은 감동은 말과 박수, 그리고 눈물을 통해 그 콘텐츠를 만든 이에게 돌아간다.

그래서 제작자는 더욱 뛰어난 콘텐츠를 만들기 위해 노력한다.

자신이 만든 콘텐츠를 즐겨준 이들을 더욱 감동시키고 싶어서.

그리고 다시 한 번, 자신을 더욱 감동시키고 싶어서.

나는 그런 광경을 몇 번이나 봐왔기 때문에 알고 있다.

"그, 그런데 미치루. 제목을 왜 그따위로 지은 거야?!"

"으음~ 괜찮잖아. 내 솔직한 마음을 표현해봤을 뿐이야."

"그래도 그건 곡이랑 전혀 맞지 않잖아."

"뭐, 그건 어디까지나 (가제)야. 그 외에도 『토모여, 편안히 잠들라.』같은 것도 있어."

"나를 죽이지 마."

그걸 알기에 나는 일부러 화제를 바꿨다.

왜냐하면 단 둘이 있을 때 그런 분위기가 되면 무지막지하게 곤란하기 때문이다.

"그건 그렇고, 어떻게 할 거야?"

"어떻게 하다니?"

"내 곡 말이야. 채용할 거야? 말 거야?"

"……."

"게임에 넣을 거야? 안 넣을 거야?"

"……냐고."

"응~? 뭐라고 했어? 안 들렸어~."

"……그런 걸 안 넣는 아까운 짓을 어떻게 하냐고!"

"아하하하하~. 역시 내 승리네, 토모~."

"네가 모처럼 만들어준 곡을 폐기할 만큼 우리 제작 체제는 여유 있지 않다고."

미치루는 조금 전보다 더 큰 목소리로 웃으며 승리 선언을 했다.

내가 바란 대로, 평소의 미치루와, 평소의 나로 돌아왔다.

응. 그래. 우리 사이는 이 정도가 딱 좋아.

"으음~. 그리고 카토 말로는 이제 와서 노래를 추가하려면 꽤 골치 아플 거라고 했어. 용량이 어쩌고, 데이터 교환이 어쩌고 하던데."

물론 그렇기는 했다.

이제 와서 이런 고음질 대용량 데이터를 넣는 것은 대모험이라고 해도 과언이 아니다.

무슨 일이 일어날지 모르는데다, 고생도 이만저만이 아닐 것이다.

"그렇지도 않아. 곡 한두 곡 정도 넣는 건 일도 아니라고."

물론 거짓말이다.

하지만 무슨 일이 있어도, 며칠 밤샘을 하는 한이 있어도, 죽는 한이 있어도 넣을 것이다.

"흐~음?"

"왜 그래?"

그리고 미치루가 나의 그런 거짓말을 놓칠 리가 없었다.

"정말~ 솔직하게 말하라구~! 토모는 나를 좋아하는 거잖아~!"

"네가! 만든! 곡을! 좋아하는 거라고! 중요한 부분을 생략하지 마!"

"……좋아한다는 건 부정하지 않는 거야?"

"……나는 거짓말을 싫어해."

"으흐흐~ 거짓말쟁이~."

"더우니까 들러붙지 마."

"에이~. 지금은 한겨울이잖아~."

미치루는 내 등에 등을 대더니, 열심히 밀어댔다.

그리고 다시 기타를 들더니 천천히『그 곡』의 도입부를 연주하기 시작했다.

……그만 좀 해. 또 눈물 날 것 같단 말이야.

"그런데 말이야. 게임은 제대로 완성될 것 같아? 겨울의, 으음, 코믹 뭐라는 거에 맞출 수 있겠어?"

"그래. 이제 거의 다 됐어……."

시나리오는 완성됐다. 스크립트도 거의 다 끝났다. 그리고 음악은 오늘 최강이 되었다.

남은 건 원화뿐이니 이제 다 된 거나 다름없다.

왜냐하면 원화 담당은 기한 엄수에 있어서는 서클 멤버 중에서도 가장 신뢰할 수 있는, 그리고 가장 프로 의식이 강한 아마추어, 카시와기 에리니까 말이다.

"그럼 말이야, 토모. 게임이 완성되면……."

"응?"

"정말 다 같이 행복해질 수 있는 거야?"

"뭐……."

『나와 함께, 행복해지자! 다 같이 말이야!』

그것은 미치루가 우리의 동료가 되어준, 그 라이브 날.

4권 제7장
에리리와 우타하 선배

재능 넘치는 서클 멤버들을, 자신의 억지로 옭아매고 있다면서 나를 비난한 미치루에게 내가 해준 대답이자 맹세다.

"……될 수 있어."

"정말~? 그 후로 꽤 시간이 지났지만 이 서클의 인간관계는 딱히 변한 게 없는 것 같은 느낌이 드는데 말이야."

"원래 사이가 좋았어."

"과연 그럴까~? 사소한 계기로 순식간에 붕괴되어 버리지 않으려나?"

"너, 무시무시한 소리를 하는 구나."

"그치만~."

"나 지금 엄청난 노래를 듣고 있어서 기분 무지 좋으니까, 찬물 좀 끼얹지 마."

기타 연주로 내 눈가를 촉촉하게 만들면서 영문 모를 소리로 내 심장을 쑤셔대고 있는 미치루는 마치…….

"그러니까 토모."

"왜? 밋치."

"그러니까 나로 해."

"뭘?!"

"나는 가족이니까 절대 토모를 버리지 않아."

"……너는 나한테 버림받을 걱정이나 해. 이 잠자리 같은 녀석아."

"으~ 너무해~."

그렇다. 민폐만 잔뜩 끼치는 친척 누나 같다. ……뭐, 맞는 말이네.

"미치루. 너, 사회에 나가서도 지금처럼 부평초 같이 살면 고생길이 훤히 열릴걸?"

"괜찮아. 그렇게 되면 믿음직한 사촌이 돌봐줄 거잖아."

"너, 기둥서방이라도 될 생각인 거냐?!"

"에이~ 처음부터 그럴 생각이었다구 매니저~."

게다가 어느새 '내가 어떻게든 해주는 수밖에 없겠지?'라고 무심코 결심하게 될 정도로 완벽한 민폐 덩어리 누나 같았다……

"네가 무슨 소리를 하든, 나는 이 서클을 계속 유지할 거야."

"도망치는 거야?"

"물론 너도 계속 있어야 해."

"토모……"

이제 와서 해산 같은 걸 할 것 같아?

뿔뿔이 흩어지게 할 것 같냐고.

우타하 선배가 시나리오를 쓰고, 에리리가 그림을 그리고, 미치루가 곡을 만들면, 다른 이들이 그걸 게임으로 만든다.

우타하 선배가 악담 및 욕설을 해대고, 에리리가 과민반응 하고, 미치루가 도발하고, 다른 이들은 안절부절 못하면서 그 모습을 지켜본다.

그런 축제 같은 하루하루를 알아버린 이상, 이제는 혼자서 게임이나 애니메이션이나 즐기는 소비형 오타쿠 따위로 돌아갈 수 없다.

우타하 선배가 졸업해도. 누군가가 이사 가더라도. 다른 일로 바빠지더라도. 그리고, 으음…… 애인이 생기더라도.

매일이 아니라도 좋다. 항상 같이 있지 않아도 좋다.

그래도, 언젠가, 동창회처럼.

몇 십 년 간격으로 재결성하는 록밴드처럼 말이다.

"뭐, 카토도 너와 같은 마음인 것 같기는 해."

"카토……가?"

"솔직히 지금 서클이 제대로 돌아가는 건 토모가 아니라 그녀 덕분이잖아."

"으……."

그 순간 삼킨 숨에는 여러 가지 감정이 뒤섞여 있었다.

서클 대표로서는 찔리고, 그 녀석을 권유한 아키 토모야로서는 기쁘며, 단순한 친구로서는 눈을 치켜뜨게 되고, 한 사람의 남자로서는…….

"나, 깨달았어……. 그 애가 최대의 아군이자, 최대의 적인 거네."

"저, 적이라니! 그런 벌레 한 마리 죽이지 못할 것 같이 무해(無害)한 녀석에게 그런 무시무시한 표현 쓰지 말라고!"

"자기가 무슨 소리를 하고 있는지 알기는 하는 걸까……"

미치루는 그런 영문 모를 소리를 중얼거리면서 기타를 쳤다.

마치 『……알았어. 이 이야기는 그만하자. 그래! 스톱스톱.』이라고 말하듯 방금까지의 여운을 의식적으로 날려버리고 있는 것 같았다.

실은 나도 말이 조금 심했다고 생각하고 있었다.

"목욕하고 올게."

"아~. 그럼 스트레칭 꼭 해. 몸에 부담 안 가도록 말이야."

"알았어."

미치루가 준비해준 도주로를 감사히 이용하기로 한 나는 등을 맞대고 있는 그녀에게서 떨어지는 것을 아쉬워하면서도, 머리를 식히기 위해 욕실로 향했다.

뭐, 뜨거운 물에 몸을 담근 채 머리를 식힌다는 것도 좀 이상하지만 말이다.

※　※　※

결국 나는 목욕을 하면서도 머리를 식히기는커녕 미치루가 한 말을 곱씹었다.

카토가 최대의 아군이자, 최대의 적……?

그건 미치루에게 있어서 그렇다는 것일까, 아니면……?

"……응?"

그것보다…….

미치루는 왜 나보고 스트레칭을 하라고 한 거지?

※　※　※

그리고 욕실에서 나왔을 때…….

"끄아아아아아아아아아~~~~~!!!"

"움직이지 마, 토모! 저항해봤자 아프기만 하다구~!"

"그만해, 밋짱~!"

나는 침대 위에서 미치루에게 남은 마지막 욕망의 배출구가 되었다.

"자아, 토모. 저항은 관두고 나에게 전부 맡기라구~."

"그럴 수는…… 없어…… 으윽."

"걱정하지 마……. 엄청 기분 좋게 해줄게. 기절해버릴 만큼 말이야."

"그건 진짜로 기절할 뿐인 거잖아!"

"아아, 기분 좋아! 일주일 동안 아무한테도 치킨윙 페이스록을 못 걸어서 스트레스가 엄청 쌓였었거든~!"

"네가 말한 금욕생활이란 게 바로 이거냐……!"

효도 미치루. 취미, 프로 레슬링 관전.

……뭐, 여자애치고는 꽤 특이한 취미지만, 이래봬도 여자애의 체면을 지켜주기 위해 좋게 포장한 거다.

이 녀석의 진짜 취미는 관전 후에 프로 레슬링 기술을 실제로 써보는 것이니까 말이다.

"아직 멀었어, 토모……. 이거 다음은 드래곤 슬리퍼고, 그 다음은 목 4자꺾기야. 그리고그리고……!"

"스톱, 스톱~!"

그게 전부 밀착계 기술이라는 점을 지적해도 되는 걸까.

"자아, 토모……. 이대로 얌전히 내 파괴 충동의 먹이가 될 것인지, 아니면 각오를 다진 후 반격을 할지, 빨리 결정하지 그래?"

"그딴 결정을 어떻게 해애애애애~!"

이런 게 극히 일반적인 『민폐 덩어리 친척 누나』인 거지?

눈곱만큼도 특이하지 않은 거지……?

제3장

아니, 딱히 성지화를 노리는 건 아니거든요

그리고 다음날인 토요일 이른 아침.

"으, 흐흑…… 흑, 훌쩍, 훌쩍…… 우에엥."

"자아, 울지 마. 남자애잖아."

커튼 틈 사이로 눈부신 아침 햇살이 스며들어오고, 켜져 있던 텔레비전에서 로컬 여행 방송이 나오고 있으며, 커피 향기가 희미하게 방 안을 흐르고 있었다……

"하, 하지만, 하지만…… 이런 굴욕을……"

"괜찮으니까 토모는 움직이지 마. 전부 나에게 맡겨."

"미치루……"

이런 식으로, 뭐랄까 매우 나른하고 배덕적인 분위기가 흐르는 내 방.

"그럼, 할게. 토모…… 흐응."

"아, 아아……"

"토모야. 미안한데 할 이야기가…… 너희 지금 뭐하고 있는 거야~~~!!!"

……그런 내 방에 느닷없이 새된 목소리와 금발의 반짝거림이 퍼져 나갔다.

"에, 에리리? 나, 나를 보지 마! 부탁이야, 보지 마~."

"어라~? 사와무라, 안녕~. 이야~ 기분 좋은 아침이네~."

"토, 토모야, 랑 효도 양? 너, 너희 둘, 어젯밤 우리가 간 후에, 설마……."

상반신 알몸인 상태로 침대에 엎어져 훌쩍거리고 있는 나와, 그런 내 위에 올라탄 채 양손으로 내 등을 매만지고 있는 미치루를 본 황금색 방문자는 몸 곳곳을 부들부들 떨고 있었다.

"부탁이니까 고함 좀 지르지 마. 허리가 울린단 말이야."

"허, 허리…… 허리라고? 허리?!"

"그러니까 고함지르지 말라고…… 아야야야야."

"이야~. 미안해, 토모. 어젯밤에는 내가 좀 심했어~."

"뭐, 뭐뭘, 뭐뭐뭘……."

"아~ 에리리. 나중에 설명해줄 테니까 입 좀 다물고 있어."

아침부터 느닷없이 이 광경을 본 에리리가 어떤 오해를 했을지는 손에 잡힐 듯이 알겠지만, 지금은 내 자존심 쪽이

중요하기 때문에 가능하면 진실을 말하고 싶지 않았다.

……이렇게 젊은 나이에 허리를 삐끗했다는 것을.

일어나고 싶어도 일어날 수 없다는 것을.

그것도 여자애가 건 로메로 스페셜(Romero Specaial) 때문이라는 것을…….

참고로 말하는데, 진짜로 그게 다라고.

우리는 어제 한 방에서 같이 안 잤단 말이야.

나한테 마음껏 프로 레슬링 기술을 걸어댄 미치루는 "아 ~ 개운하다."라는 대사를 남기고 그대로 아래층에 있는 객실로 갔다고.

그리고 아침 일찍 일어나서 나를 깨우러 온 미치루가 이 참상을 목격하고 좀 심했다는 생각이 들었는지 나한테 파스를 붙여 주고 있던 것뿐이란 말이다.

"정말, 아무리 사촌이라고 해도, 아무리 불가항력이라고 해도, 너희는 스킨십이 너무 과하다구!"

"그래? 친척끼리 보통 이 정도는 하잖아?"

"아니, 솔직히 말해 나도 그렇지 않다고 생각해……."

그렇다. 이것은 이제 거의 전통 예술이 되어버린, 나와 미치루의 에로계 착각 이벤트다.

확실히 착각이기는 하지만, 프로 레슬링 혹은 치료 혹은 장난이지만, 그래도 문제는 상당한 레벨의 콩고물…… 아니, 격렬한 육체적 접촉을 하게 된다는 점이다.

정말, 진짜 이러다 선을 넘어 버리는 건 아닌지 모르겠네.

"뭐~ 아무래도 상관없어. 그것보다 사와무라도 같이 아침 먹을래?"

"돼…… 됐어!"

가을에 가출한 후 이 집을 자기 집인 양 여기게 된 미치루를 노려본 에리리는 세 번 정도 심호흡을 했다. 그리고 양손으로 몇 번이나 자기 볼을 때리면서 "나는 괜찮아. 나는 괜찮아. 괜찮다면 괜찮은 거라구." 하고 주문을 외듯 중얼거렸다.

……뭐가 괜찮다는 거야. 너 지금 눈곱만큼도 괜찮아 보이지 않는다고.

"토모야, 너랑 할 이야기가 있어. 같이 좀 나가지 않을래?"

"미안하지만, 허리 때문에……."

고교 2학년이 여자애의 제안을 이런 식으로 거절할 수밖에 없다니…… 꽤나 굴욕적이군.

"그래. 그럼 효도 양. 잠시 자리 좀 비켜주지 않겠어?"

"뭐야뭐야? 나한테 들려줄 수 없는 이야기야? 하지만 나와 토모는 태어난 순간부터 혈연으로 이어진 사이니까, 그 어떤 비밀도 바로 알려지고 말걸?"

"큭…… 사람이 사회적 지위와 대외적 평가 면에서 앞서는데도 이렇게 고개를 숙이면서 부탁하면 조금은 그 뜻을 알아줘야 하는 거 아냐? 아니면 매사에 대충대충인 여자는 그런 판단력도 없는 거야?"

"사와무라가 진심을 담아 『부탁해, 밋치~♪』라고 말하면 들어줄게."

"헛소리 하지 마, 효도 미치루."

미치루는 마치 스승님에게 특훈을 받기라도 한 듯한 에리리의 음흉한 비아냥거림의 격류를 전혀 개의치 않고 어디까지나 자신의 페이스를 관철했다.

그건 그렇고, 미치루는 언제부터 서클 멤버들을 '양'이라는 호칭을 떼고 부르게 된 거지?

"딱히 헛소리를 하는 건 아닌데~. 그저, 나에게도 먼저 이 방에 들어온 자로서의 권리가 있다고 생각하는데 말이야."

"그런 말도 안 되는 소리 좀 적당히 해! 나가달라는 내 말을 이해 못하는 거야? 아무튼 빨리 나가. 내 눈앞에서 사라진 말이야……. 주, 중요한 이야기인데…… 시간, 없는데, 너랑 노닥거릴 때가…… 토, 토모야아아아~."

"아~ 미치루. 미안하지만 부탁 좀 할게."

미치루가 자신을 안중에 없다는 듯이 대한 탓에 완전히 기가 죽은 에리리는 점점 여유를 잃어갔다.

……요즘 들어 이 녀석은 한 번 가라앉기 시작하면 한도 끝도 없다니깐.

이 사와무라 스펜서 에리리라는 여자애가 실은 토요가사키 학원만이 아니라 이 일대 고교에서 넘버원 미소녀 취급을 받고 있다는 걸 기억하고 있는 사람, 있기는 해?

"뭐, 어쩔 수 없지. 그럼 서로의 의견을 존중하는 선에서 타협해줄게. 내가 이야기만 듣지 않으면 되는 거지?"

방구석에 앉은 미치루는 헤드폰을 쓰더니, 헤드폰의 플러그를 기타에 연결한 후 천천히 기타를 연주하기 시작했다.

그리고 그 기타에서 희미하게 흘러나오는 소리는, 이 녀석이 어젯밤에 들려준 게임 엔딩용 오리지널 자작곡이다.

"……으."

"……으."

마치 조건반사적으로 그 노래에 반응한 내가 훌쩍거리기 시작한 순간, 어딘가에서 낮은 울음소리가 들려온 듯한 느낌이 들었다.

"정말, 네 주위의 여자들은 전부 색골이라니깐. 카스미가오카도 그렇고, 효도 미치루도 그렇고!"

"……두 사람 다 동인계에서 무지막지하게 외설적인 2차 창작물만 연속해서 내놓고 있는 너한테만큼은 그런 소리를 듣고 싶지 않을 걸?"

겨우겨우 미치루에게서 양보를 얻어낸 에리리는 안도 섞인 표정을 지으며 나를 쳐다보았다. 그리고 조금 전까지 기가 죽어 있었던 게 거짓말이었던 것처럼 활기차기 그지없는 목소리로 동료를 디스하기 시작했다.

으음, 이 녀석은 정말 속물이라니깐.

"나는 그저 유저들의 요구에 진지하게 응하고 있을 뿐이야. 카스미가오카 우타하처럼 뼛속까지 색골이라서 만드는 작품마다 색기만 넘쳐흐르게 아니라구."

"……색기가 넘쳐흐르는지 아닌지를 떠나서, 나는 작가의 성향이 확실히 드러나는 작품이 좋다고."

그런 의미에서 본다면 미치루의 노래도 좋아한다.

천재의 생각지도 못한, 혹은 상상을 초월하는 재능을 보는 건 나에게 있어 엄청난 즐거움이자 쾌감이다.

그렇기 때문에 다음에는 어떤 식으로 나를 휘둘러댈지 전전긍긍하면서도 가슴이 두근거리고 마는 것이다.

"그런 녀석들은 마감을 마구 어겨대거나, 폭주해서 작품 자체를 망치거나, 혹은 글을 쓸 수 없게 되었다면서 주위 사람들에게 폐를 끼쳐댄다구."

"잘 들어. 그런 짓을 하는 작가의 이름을 구체적으로 언급하지는 마. 절대 언급하지 말라고."

"나는 그런 녀석들과 달라. 처음부터 철저하게 구상을 해서, 머릿속으로 완성된 이미지를 그린 후, 그 계산대로 작품을 만들어 나간다구."

뭐, 확실히 에리리의 책은 대부분 그런 느낌이다.

"그래. 뭐든 계산대로…… 시작도, 전개도, 결말도, 페이지 수도, 시추에이션도, 주인공의 사정 횟수도, 히로인의 절정 횟수도……."

"스톱, 스톱, 스톱?!"

……전연령 대상 작품이 적어서 내가 볼 수 있는 작품이 적긴 해.

제작을 도와준 작품을 제외한다면 말이야.

"캐릭터의 언동도 한결같고, 스토리도 이상한 방향으로 빠지지 않아. 뜬금없이 전개가 우울해진다든가, 장르가 느닷없이 변경된다든가, 갑작스레 옛날 여자와 재회한다든가, 그런 억지스러운 장치는 쓰지 않는다구."

"인마, 마지막 건 세이프라고."

"유저의 예상을 배신하는 건 좋지만, 절대 기대는 배신하지 않는다는 거야. 예를 들자면 지난 분기 애니메이션 중에……."

"예상과 기대를 구분하는 건 어렵다니깐! 자아, 이 이야기는 이걸로 끝!"

그러니까 구체적인 예를 들면서 디스하지는 말아줬으면 한다.

"그건 그렇고 역시 에리리는 창작에 있어서만큼은 겸허하고 진지하네. 의식 수준이 높다고나 할까……."

"잠깐만! 방금 나보고『의식 수준이 높다』고 했지? 너, 나를 바보 취급하는 거야?!"

"그 말이 어느새 나쁜 말이 되어버린 현대 용어의 존재의의에 대한 토론은 일단 제쳐두기로 하고, 나는 진심으로 너를 칭찬한 거야!"

언어라는 것은 하루가 다르게 성장하는구나……. 좋은 쪽으로도, 나쁜 쪽으로도 말이야.

"뭐, 겸허하지 않으면 바로 두들겨 맞고, 진지하지 않으면 바로 외면당하거든."

"네가 실제 생활에서도 조금만 겸허해진다면……."

"매사에 느긋한 저 귀뚜라미에 비하면 꽤 진지하게 살고 있잖아."

"위장 상류층 아가씨면서."

"무슨 소리하는 거야. 출신 자체는 위장이 아니라구."

"하지만 가공 면에서……."

그런 아무래도 상관없는 대화를 나누는 사이, 미치루의 기타가 꽤나 느긋한 곡을 연주하기 시작했다.

저 녀석, 진짜로 이쪽 이야기 안 들리는 거 맞지?

뭐, 그건 그렇고 역시 이 주장과 자세는 정말 에리리다웠다.

양과 질을 만족시키는 작품을 안정적으로 공급하고.

항상 충분히 기대에 부응하지만, 항상 지나치게 예상을 벗어나지 않으며.

그렇기 때문에 안심하고 맡길 수 있다. 안절부절도, 두근두근도 느끼지 않으면서…….

……그것이 나쁘다는 것은 아니다. 어디까지나 방향성의 차이니까 말이다.

그저 내가 좋아하는 방향성이 아닐 뿐이다.

솔직하게 말해, 내가 생각하는 이상적인 크리에이터는 에리리와 우타하 선배의 장점만을 합친 존재다.

납기를 지키며, 퀄리티를 유지한다.

이때다 싶은 장면에서 신의 계시를 받은 것처럼 찬란히 빛난다.

마음이 꺾이는 일 없이 계속 글을 쓰고, 연락이 끊기는 일이 없으며, 세상과 적절하게 타협하며 살아간다.

그리고 가장 중요한 점은, 어찌 되었든 간에 잘 팔리는 작품을 만들어내는 것이다.

자화자찬처럼 들릴지도 모르지만, 이 두 사람이 같이 게임을 만들게 하자는 생각을 한 나도 천재가 아닐까 하는 생각이 들었다. ……그 외의 다른 선택지가 없었다는 점은 일단 제쳐두고 말이다.

"그래서 말인데, 토모야. 본론에 들어가자면 말이야."

"응?"

"안심해줬으면 해. 내가 지금부터 하려는 짓도 전부 처음부터 계산에 들어있었던 거거든."

"……잠깐만."

"걱정하지 마. 하루에 한 번씩 꼭 연락할게. 핸드폰 전원도 끄지 않을게. 아, 그런데 거기도 전파가 닿던가?"

"…………일단 잠깐만 있어봐."

에리리가 본론에 들어가겠다고 한 후 입에 담은 말들은 불길한 예감으로 가득 차 있었다.

※　※　※

"나, 나스 고원(高原)?!"

"응. 거기 우리 가족의 별장이 있어. 토모야도 한 번 가본 적 있지?"

"아, 그래. 거기 말이구나……."

에리리가 입에 담은 말이 내 오래된 기억을 자극했다.

나스 고원의 고급 별장지 안에서도 찬란히 빛나 보이는, 명실공히 부르주아라는 말을 그대로 표현한 듯한, 사와무라 가가 소유한 또 하나의 대저택.

초등학교 2학년 여름방학 때, 나는 에리리, 그리고 그녀의 부모님과 함께 일주일 정도 그 저택에 머무른 적이 있다. 거대한 저택, 화려한 내부 장식, 잘 손질된 정원, 그리고 저택 외부에 펼쳐진 광대한 자연이 고급 리조트라는 말이 어울릴 듯한 화려한 공간을 자아내고 있었다.

······하지만 내가 그 장소를 떠올릴 때 함께 기억나는 것은, 그 별장에 가지고 갔던 드○캐스○로 플레이한 『사○라대○』 시리즈와, 전편 마라톤 시청을 한 『네○ 바○는 ○원』, 『○월○ 월○』 같은 애니메이션들이다. 산속 별장에서 일주일이나 머무르면서 하루 종일 뭐한 거야, 같은 생각을 하면서 나 자신을 되돌아보게 되는군.

정말 하나도 성장하지 않았네······. 나도, 에리리도 말이야.

"그런데 언제부터인데?"

"오늘부터야. 실은 지금 밖에서 차가 대기하고 있어."

"그럼 언제까지 할 건데?"

"미리 확인하겠는데, 마스터판 납기일은 다음 주 주말이지?"

"······."

"······."

하지만 문제의 초점은 그 장소가 아니라, 왜 그 장소가 튀어나왔느냐는 쪽이다.

"······그렇게 간당간당한 거야?"

"그 대신 반드시 마감 안에 끝낼게. 나를 믿어줘."

으음, 통조림이라는 말 알아?

참고로 말하는데 통조림 식품을 말하는 건 아니야.

간단하게 설명하자면, 마감에 맞추는 게 힘들어졌을 경우, 작가가 도망치지 못하…… 아니, 작업에 집중할 수 있도록 호텔이나 별장 같은 곳에 가둬두는 행위를 말한다.

"잠깐, 모레부터 다시 학교에 가야 하지 않아?"

"학교를 빼먹지 않으면 기한 안에 끝낼 수 없어."

"……."

마감까지 남은 시간은 일주일.

그리고, 에리리가 그 전에 작업해야 하는 원화는 열 장.

"솔직히 말해, 이번에는 좀 위험해."

"그, 그렇구나……."

그리고 궁지에 몰린 원화가는 중대 결정을 내렸다.

어디까지나 진지하게.

도망치는 것이 아니라, 맞서 싸우기 위해서.

자신을 시끌벅적한 속세와 격리시킨 후, 남은 시간 동안 한결같이 그림을 그리고, 그리고, 또 그려대겠다는 결정을…….

"하, 하지만 너, 출석일수는 괜찮은 거야? 예전에도 이벤트 때문에 학교를 꽤 빠졌잖아?"

"괜찮아. 여차하면 기부금으로 어떻게든 할 거야……."

"그런 무시무시한 해결법 쓰지 마!"

뭐, 다른 일에 있어서는 꽤나 도망치고 있는 것 같지만 말이다.

즉, 에리리의 말을 종합하자면 이렇다.

지금부터 이 녀석은, 나스 고원에 있는 별장에 틀어박힌다.

그리고, 남은 원화를 단숨에 완성한다.

그 동안, 직접 만나서 이야기하는 것은 불가능하다.

기본적으로 연락은 에리리 쪽에서만 한다. 나는 그저 가슴을 졸이며 그녀의 연락을 기다릴 수밖에 없다.

그러니 만약 원화 작업을 끝내지 못한 에리리가 도망치더라도, 다 포기해버리더라도, 나는 그녀를 막을 수 없다. 재촉하면서 압박하는 것도, 강제로 그리게 할 수도 없다.

그저, 에리리가 그림을 완성해줄 거라고 믿는 수밖에 없는 것이다……

"걱정하지 마, 토모야. 네가 믿는 나를 믿어봐."

"에리리……"

"그리고 내가 지금까지 너한테 거짓말 한 적 있어?"

"네 일상은 전부 거짓말로 점철되어 있잖아!"

무슨 소리 했지? 방금, 8년 동안 위장 상류층 아가씨로 살아온 이 녀석이 무슨 소리를 하긴 했지?

"……사소한 일을 신경 쓰는 남자는 미움 받아."

사소한 일을 신경 쓰니까 오타쿠인 거라고……

"그건 그렇고, 왜 그렇게까지 해야 하는 거야?"

다른 일러스트레이터라면 몰라도 내가 아는 카시와기 에리라면 일주일에 원화 열 장 정도라면 컬러 작업까지 포함해서 충분히 해낼 수 있을 것이다.

그리고 설령 통조림을 하더라도, 나스 고원에 갈 필요는 없을 것이다. 그녀의 집에는 에리리를 위한 충분한 제작 환경이 갖춰져 있을 테니까 말이다.

그것도 그럴 것이 이 녀석의 부모님은 오타쿠에게 관대…… 아니, 우리를 능가하는 오타쿠다. 그러니 협상만 잘하면 도우미 수배 같은 것도 얼마든지 해줄 것이다.

그런 장점을 버리면서까지 홀로(운전사 포함) 별장에 틀어박히려는 것은 에리리 녀석이 자신을 불리한 상황으로 몰아넣으려 하는 것처럼 보였다.

"각오를 다지기 위해서야."

"각오……?"

그리고 내 의문에 답하듯, 에리리는 엄숙한 목소리로 말했다.

"이 서클의 간판이 될 각오, 말이야."

"아……."

그렇구나. 에리리의 마음속에도 피어난 것이다.

우리를 그림 실력으로 이끌어나가겠다는, 리더십이 말

이다.

모두의 힘이 되어 작품을 성공으로 이끌겠다는 결의가, 열의가.

"맡겨줘, 토모야."

"에, 에리리……!"

우리 서클의 유일하게 부족했던 부분이 채워지는 날이 왔다.

그것은 『개인은 모두를 위해. 모두는 개인을 위해』라는, 모두가 전력을 다하고, 동료들을 도우며, 승리를 향해 나아가는 팀워크 정신이다…….

"카스미가오카 우타하도, 효도 미치루도, 다 박살내버릴 거야."

"……뭐?"

하지만 지금 에리리의 얼굴에 떠오른 것은 자신감도, 비장한 마음도, 동료를 향한 신뢰도 아니었다.

"아무래도 요즘 들어 입만 산 졸개들이 토모야에게…… 아니, 서클에 공헌하고 있어요~ 하고 어필해대는 게 영 눈에 거슬렸거든."

"뭐, 뭐어~?"

에리리의 얼굴에 떠오른 것은 짜증과 모멸, 그리고 동료를 밀쳐내 버리고 자신만 살려 하는 일그러진 표정이었다.

"어차피 시나리오나 음악 같은 작품 매상에 1할 정도 공헌할까 말까 하는 약소 파트를 맡은 녀석들이 잘난 척하는 꼬락서니를 보니 애처롭더라구."

내 눈에 거슬리는 것은 이 녀석의 지금 언동이고, 애처로운 것은 이 유치한 적의라고 생각합니다만, 틀렸습니까?

"그러니까 이쯤에서 내 힘을 과시해서 너희가 한 짓은 손톱의 때 정도의 가치밖에 없다는 걸 가르쳐주고 싶어졌어."

"그 손톱의 때의 가치가 엄청 크거든?! 무시하지 마!"

이 녀석, 역시 전혀 성장하지 않았어…….

태어날 때부터 완전 제멋대로였대이. 스탠드플레이의 화신이대이.

"뭐, 반쯤은 농담이야."

"1할 정도만 진심이었다고 해도 신경 쓰여서 죽을 것 같은데 말이야."

"그럼 나는 슬슬 가볼게."

"에리리……."

그리고 자기 입으로 방금 한 폭언에 만족한 듯한 에리리는 미소 지으면서 나를 쳐다보았다.

"연락, 할게."

이 세상의 남녀들을 속이는 사랑스러운 표정과, 귀여운 태도.

"꼭, 매일 같이 메일 보낼게."

위장 상류층 아가씨의 허식으로 가득 찬 가면과, 말과 의미가 거짓으로 점철된 인공 음성.

"그리고, 반드시, 돌아올게."

오랫동안 알고 지냈기에 이 녀석의 본성을 누구보다 잘 아는 내가 절대 걸려들 리 없는 약아빠진 페이크.

"토모야가 기다리는, 이 마을에."

"…………알았어. 기다리고 있을게."

"응. 기다려줘, 토모야."

……그런데 말이야.

거짓말인 걸 아는데도, 헛소리라는 걸 아는데도.

그런데도, 갈 데까지 간 2차원 오타쿠인 나에게, 이런 위험한 마음이 들게 만들다니…….

"아……."

"왜 그래?"

그리고 에리리는 문득 생각에 잠기듯, 모에 요소가 가득 담긴 각도로 목을 갸웃거리더니…….

"후훗, 후후후."

"왜, 왜 그래? 뭐가 웃긴 거야?"

그리고 느닷없이 모에 요소가 가득 담긴 표정으로 웃음을 터뜨렸다.

"으응, 딱히 웃긴 건 아닌데, 그래도……."

"그래도?"

"방금 나눈 대화 말이야. 원거리 연애하는 커플 같지 않았어?"

"뭐……."

"아하하, 아하하하하."

그리고 마지막으로, 모에 요소가 가득 담긴 대사로 결정타를 날리려 했다.

겉모습만으로, 연기만으로, 이렇게까지 남자를 휘둘러대다니…….

체형은 좀 그래도, 다른 부분은 미소녀 방면으로 현저하게 성장했다니깐.

나는 알 수 있다.

이럴 때의 에리리가 정말 강하다는 사실을.

그것이 올바른지 아닌지를 떠나, 아무튼 정말 강하다.

그러니, 이 녀석이라면 분명 완성할 수 있을 것이다.

이 세상 남자들을 매료시킬, 귀엽고, 아름다우며, 에로하고, 누구나가 가지고 싶어 할, 그야말로『잘 팔릴』일러스트를 말이다.

그런데도, 나는 지금…….

이렇게 기대하고, 안심하며, 믿고 있는데도…….

그런데, 왜, 일말의 불안감을 떨쳐내지 못하는 거지?

이 불안감은 대체 뭘까?

형태를 이루지 못한, 말로 표현할 수 없는 마음이, 내 마음속에서 끓어올랐다.

에리리가 먼 곳으로 가버리는 것은 아닐까.

이어졌던 마음이 다시 멀어지면서, 우리 사이에 있었던 모든 일들이 과거가 되어버리는 것은 아닐까.

그렇다. 어릴 적부터 품어온 원거리 연애가, 천천히 추억으로 바뀌는 듯한 안타까움과 비슷―.

"잠깐, 이게 전부 미치루, 네 탓이었던 거냐아아아아~!"

"뭐~ 무슨 소리 하는 거야~. 하나도 안 들려~."

어느새 미치루의 기타 곡조가 향수(鄕愁)를 부르는 작별 노래 같은 선율로 바뀌었다.

아니, 정확하게 말하자면 『초속 ○센티미터』의 주제가를 연주하고 있었다.

너, 역시 우리 대화가 들리는 거지?

제4장

이 세상에서 가장 신용할 수 없는 인종, 그것이 바로 크리에이터

From: 『사와무라 에리리』〈e-lily@○○○.○○〉

To: 『토모야』〈T-AKI@○○○.○○〉

Subject: 오늘 분량

Date: Sun ○○ Dec 19:11

수고 많아.

이곳에 도착하고 하루가 지났어.

먹을거리도 사뒀고, 운전사도 돌려보냈으니까 이제부터는 완전히 혼자야.

밖은 도쿄와는 비교도 안 될 만큼 추워.

하지만 저택 전체의 난방을 빵빵하게 틀어놔서 네 방보다도 따뜻해.

아무튼, 오늘은 두 장 완성됐으니까 보낼게.

이걸로 루리 루트는 세 장 남았고 모든 루트를 통틀면 총

여덟 장 남은 거네.

　수정해야 할 부분이 있으면 내일 중으로 답장 보내줘.

　그래도 역시 방해하는 사람이 없으니 집중이 잘되어서 진도가 쭉쭉 나가네.

　이대로 가면 금요일 즈음에는 돌아갈 수 있을지도 몰라.

※　※　※

From:『아키 토모야』〈T-AKI@○○○.○○〉
To:『사와무라 에리리』〈e-lily@○○○.○○〉
Subject: Re:오늘 분량
Date: Mon ○○ Dec 00:25

수고 많지?
CG, 잘 받았어.
확인해봤는데 수정할 부분 없어. OK야.
그래서 바로 게임에 추가했어.
에리리는 다른 걱정 하지 말고 남은 원화 작업에 주력해.
건강도 유의하고.
압박감을 느끼고 있겠지만, 그래도 조금은 자둬.
그리고 식사는 챙겨먹고 있지?

≫하지만 저택 전체의 난방을 빵빵하게 틀어놔서 네 방보다도 따뜻해.

난방비 아까우니까 네 방만 난방 돌리라고 이 부르주아야.

※　※　※

"……통조림?"

"으음, 마감을 어길 것 같은 작가를 감금……이 아니라, 집중하게 하기 위해서……."

"그건 나도 서클 활동을 하면서 몇 번 경험한 적이 있어서 알고 있긴 한데……."

그리고 월요일 방과 후.

학교에서 역으로 향하는 길.

요즘 들어 자주 함께 하교하는 에리리가 학교를 쉬었다는 사실을 알게 된 카토는 그제야 절친이 현재 처한 상황을 알게 된 것 같았다.

뭐야, 에리리. 카토에게 이야기하지 않은 거야? 절친한테 너무하잖아.

……내가 그런 생각을 하는 것보다 먼저, 이 사실을 알지 못했던 절친 쪽은 아주 약간 석연치 않은 표정을 지었다.

"하지만 그런 산골짜기에 에리리 혼자 있어도 정말 괜찮은 거야?"

"……나스 고원이나 도치기 현에 대해 카토가 어떤 이미지를 가지고 있는지 대충 알겠지만, 일단 거기는 『고급』이라는 단어가 붙는 별장지라고."

뭐, 그런데도 바로 상대 걱정을 해주는 걸 보면, 역시 절친 사이가 맞는 것 같다고나 할까, 쉬운 녀석이라고나 할까, 이용해먹기 좋은 녀석이라고나 할까…….

"그래도 꽤 먼 곳이잖아. 무슨 일이 있어도 바로 가볼 수 없다구."

"그런 긴급사태가 벌어질 리 없잖아? 편의점 같은 것도 있는 동네라고."

"아키 군은 느긋하네……."

그것도 그럴 것이, 에리리가 괜찮다고 말했다.

그 녀석이 괜찮다고 말했다면 괜찮은 것이다.

그것도 그럴 것이, 진짜로 위험할 때는 주저 없이 나에게 폐를 끼쳐대는 녀석이거든.

"뭐, 그 녀석은 보기보다 자기관리를 철저하게 해. 그러니 무슨 일이 생겨도 어떻게든 할 거야."

만약 통조림 중인 상대가 우타하 선배라면, 창작 이외의 모든 것을 다 내팽개칠 가능성이 있기 때문에 여러모로 걱정되겠지만 말이다.

한 번 페이스가 올라가기 시작하면 폭설을 맞으면서도 깔

깔 웃으며 글을 쓸 것 같은 이미지라고.

"아키 군은 에리리를 믿어?"

"뭐, 그 녀석의 『안정성』만큼은 말이야."

최선을 다하고, 작품에 집중하기는 하지만, 결코 빠져들지는 않는다.

그것은 창작만이 아니라 생활면에 있어서도 마찬가지다.

부자인데도 낭비와는 비교적 담을 쌓고 있고.

상류층 아가씨인데도 세상 물정을 잘 안다.

그렇기 때문에 그 녀석이라면, 무슨 일이 생겨도 분명 어떻게든 할 것이다.

……그것도 그럴 것이, 나를 버리면서까지 마음의 안정을 도모했던 녀석인 것이다.

"그런데 그 통조림은 언제 끝나는 거야?"

"예정상으로는 이번 주 주말 쯤?"

뭐, 더 늘리고 싶어도 늘릴 수 없지만 말이다.

"그럼 아키 군. 토요일에 같이 에리리가 어쩌고 있는지 보러가지 않을래? 그리고 에리리를 데리고 돌아오자."

"어? 가자니…… 나스 고원에?"

"아~ 그래. 당일치기는 어렵겠네. 그럼 에리리에게 부탁해서 별장에서 하룻밤 묵고, 일요일에 돌아오는 건 어때?"

"……"

"아키 군?"

"아, 그게…… 주말에는 내가 무리야. 게임을 완성해서 납기해야 하거든."

"아~ 맞다. 해야 할 작업이 꽤 남아있었지."

"그, 그래……. 그러니까 갈 거면, 카토 혼자서……."

"으음~ 그럼 나도 못 가. 그 작업을 아키 군한테 다 떠넘길 수는 없잖아."

"으, 응……."

확실히 이번 주말은 바쁠 것이다.

모든 재료가 다 모인 후 게임 완성, 테스트, 마스터판 작성, 납기 등, 겨울 코믹마켓에 작품을 낼 수 있을지 없을지가 걸린 긴박한 승부를 펼쳐야 하는 48시간이 될 것이다.

하지만 내가 방금 우물쭈물한 것은 카토가 그런 점을 고려하지 않고 말도 안 되는 소리를 했기 때문이 아니다.

아니, 카토가 말도 안 되는 소리를 한 것은 사실이지만…….

이 녀석, 방금 남자 하나 여자 둘의 1박 여행을 제안하지 않았어?!

※　※　※

From:『사와무라 에리리』〈e-lily@○○○.○○〉

To:『토모야』〈T-AKI@○○○.○○〉

Subject: 이틀째

Date: Mon ○○ Dec 21:01

수고 많아.

오늘 진행 분, 보낼게.

오늘도 두 장 완성했어. 이걸로 루리 루트 한 장을 포함해 총 여섯 장 남았어.

이대로 가면 약간 여유가 생길 것 같아.

이 정도로 순조로우면 그랜드 루트의 CG를 늘릴 수도 있을 것 같아.

회의 때는 절대 무리라고 했지만, 역시 다섯 장은 너무 적지?

좀 검토해 봐도 될 것 같아.

≫그리고 식사는 챙겨먹고 있지?

걱정하지 마. 컵라면을 박스로 사뒀어.

※　※　※

From:『아키 토모야』〈T-AKI@○○○.○○〉

To:『사와무라 에리리』〈e-lily@○○○.○○〉

Subject: Re:이틀째

Date: Mon ○○ Dec 23:55

수고 많지?

오늘 보내준 CG도 완벽하게 OK야.

루리 루트는 이쪽도 내일까지 어떻게 될 것 같아.

앞으로도 이 페이스로…… 작업해달라고 하고 싶지만 말이야.

너 지금 너무 무리하는 거 아냐?

CG 늘리는 건 남은 작업을 다 끝낸 후에 생각하자.

아무튼 내일 네가 보내줄 루리 루트의 엔딩CG, 기대하고 있을게.

≫걱정하지 마. 컵라면을 박스로 사뒀어.

내가 이런 말 하는 것도 좀 그렇지만, 좀 제대로 된 걸 먹어……

※　※　※

"저기, 이렇게 불러내서 죄송해요. 토모야 선배……"

"아니, 괜찮아. 오늘은 서클 활동이 없거든."

그리고 화요일 저녁.

방과 후, 집 근처 역에서 두 플랫폼 떨어진 곳에 있는 역 앞 커피숍.

　"으음, 제가 사과하는 건 선배의 시간을 빼앗았기 때문이 아니에요……."

　"응? 그럼 뭐야?"

　"『진 쪽은 이 업계에서 영구 추방』이라는 조건이 걸린 처절한 싸움을 벌이고 있는 불구대천의 원수 사이인데, 만나고 싶다고 해서……."

　"우리는 그런 격렬한 승부를 하고 있지 않다고! 정정당당하게 대결하고 있을 뿐이란 말이야!"

　"아, 그래요? 오빠가 서클 회의 때마다 멤버들에게 그런 소리를 하면서 부추겨대기에 선배와 오빠가 목숨을 건 사투를 벌이고 있다고 생각했는데…… 그리고 그런 진검 승부를 할 수 있는 두 사람이 부럽다고나 할까~."

　"아니, 그 녀석의 목숨을 취하더라도 전혀 기쁘지 않다고! 그리고 그 녀석에게 목숨을 빼앗기면 죽어서도 눈을 못 감을 거야!"

　아무튼 대화 내용은 일단 제쳐두기로 하고, 나와 이런 대화를 나누고 있는 상대는 동그란 테이블에 팔꿈치를 얹고 턱을 괸 채 나를 바라보고 있는 다른 학교 교복을 입은 여자애다.

　그녀의 두 팔 사이에 끼인 가슴이 테이블 위에 척 놓여 있었다. 저 가슴은 우리 서클 멤버 중에서는 우타하 선배만이 대항할 수 있을 정도의 볼륨이지만, 그녀는 우리 멤버들보다도 어린 중학생이다.

사람을 잘 따를 듯한 강아지 같은 미소와, 달콤하고 상냥한 목소리.

그런가 하면, 특정 상황, 특정 인물을 상대할 때만 발동되는 블랙 고스로리 악역 모드.

그런가 하면, 그것이 전혀 어울리지 않는, 결국 완벽하게 악에 물들지 못하는, 천성이 착한 아이.

뭐, 결국 지금 이대로가 가장 귀여운, 순종적 계열 후배.

반년 전까지는 여성향 게임 관련 마이너 서클의 작가.

지금은 셔터 벽서클로서 맹위를 떨치고 있는 초인기 서클 『rouge en rouge』의 메인 원화가, 하시마 이즈미.

"그런데 오늘은 무슨 일이야? 뭔가 상의할 일이라도 있어? 공교롭지만 나는 『리틀랩 4』의 개발 정보는 아직 입수하지 못했어……. 뭐, 잡지나 Web에 올라와 있는 정보라면 일단 확인했지만 말이야. 그래도 리틀랩 시리즈 정도 되면 그 중에 거짓 정보도 많을 거잖아? 역시 불확정 정보를 퍼트리면서 잘난 척 하다 그게 틀려서 남들에게 민폐 끼치는 건 오타쿠에게 있어 죽음보다도 부끄러운 일이니까……."

"소, 솔직히 말해 그 이야기를 하고 싶어요! 지난주에 나온 패○통 스쿠프 기사는 정말 충격적이었거든요!"

"그렇지?! 그렇지?! 발매일도 하드도 미정이고, 그림도 하나도 공개되지 않은데다, 나온 건 로고 뿐이야. 하지만 그 말은……."

"『이번 리틀랩은 연예계가 무대!』라니…… 대체 어떤 식으로 전개되려는 걸까요~?! 전개되어 버리는 걸까요?!"

"맞아. 진짜 끝내주게 묵힌…… 아니, 숙성된 느낌이었어!"

"시대에 뒤처진 유물인가, 만반의 준비 끝에 돌아온 초대작인가…… 아, 그래도 오늘 선배에게 연락한 건 그것 때문이 아니에요. 아, 선배와 그 이야기도 정말 하고 싶지만, 그 이야기를 시작해버리면 오늘 안에 이야기가 끝나지 않을 거예요."

"아~ 그렇구나~."

그러고 보니, 그녀에 대해 이야기할 때 거론해야 하는 요소가 하나 더 있었다.

……그녀는 꽤나 완성도 높은 내 호환기종인 것이다.

"저기, 토모야 선배…… 이걸, 받아주세요!"

"아, 이건……."

이즈미가 그렇게 말하면서 나에게 내민 것은 바로…….

뭐, 그녀가 이런 식으로 나를 불러내서 건네주려고 하는 거라면 정해져 있는 거나 다름없었다.

"어젯밤에 완성된 신작 동인 게임『영원과 찰나의 에방질』이에요!"

"고, 고마워……."

음, 예상대로네.

"제 처음을…… 선배가 받아줬으면 좋겠어요."

『처음으로 만든 게임』 말하는 거지? 받아달라는 건 그거 맞지?

뭐, 쓸데없는 말은 하지 않겠다.

그저 오늘은 단 둘이 있으니 괜찮지만, 다른 사람들이 있는 곳에서는 이런 표현을 쓰지 말았으면 좋겠다고나 할까…… 아, 미안해. 쓸데없는 말은 하지 않기로 했지.

"그래…….『rouge en rouge』쪽은 완성했구나."

"어,『blessing software』쪽은 아직 완성 못한 건가요?"

"아……."

윽, 괜한 소리를 했다.

"그, 그건 그렇고, 이즈미는 잘도 완성했네~! 여름 코믹 마켓 때는 표지 그릴 시간이 없어서 백지로 내놓고, 만화도 중간부터는 연필 러프였잖아."

"아아~ 정말~ 그 이야기는 하지 말아 주세요~!"

내가 화제를 돌리기 위해 약간 놀리자, 순진한 이즈미는 바로 걸려들었다.

그래도, 적 서클의 최강 원화가라는 위치의 인물이 이렇게 친근감이 넘친다는 건 좀 설정 상으로 문제가 있는 것이 아닐까 하는 생각이 들었다.

"하지만, 이번 기획에 참여하면서 처절하게 깨달았어요."

"뭘?"

"지금까지 저는 그저 좋아하는 걸, 좋아하는 만큼, 그저 좋을 때 그리면서, 취미 활동을 해왔을 뿐이라는 걸요."

"이즈미……"

"하지만 그래서는 취미 활동을 계속할 수는 있어도, 더 높은 경지에서 누군가와 경쟁하는 것은 불가능해요."

하지만 이렇게 높은 의식 수준…… 아니, 높은 목표 의식에 대해 이야기하는 이즈미는 왠지 어른의 계단을 단숨에 뛰어올라간 것처럼 보여서…… 아, 성적(性的)인 의미는 아니다.

"……이오리에게 갈굼당했어?"

"정말~ 엄청 힘들었어요~. 가족이 아니었으면 서클을 확 관뒀을 정도라고요!"

"아, 아하하……."

"지금까지 오빠가 동인 활동을 해온 것도 몰랐는데, 알고 보니 이쪽 업계에서는 정말 악랄한 사람이더라고요. 선배가 절교한 것도 납득이 돼요!"

하시마 이오리.

10년 넘게 셔터 벽 자리를 지켜온 전통 있는 인기 서클

『rouge en rouge』의 2대 대표 자리에 나와 같은 나이에 취임한, 커뮤니티력과 정치력이 뛰어난 『동인꾼』.

"정말 믿기지가 않아요. 제가 하루 종일 걸려서 그린 그림을 5초 보고 재작업 시키더라고요. 게다가 그 이유가 『이래서는 팔리지 않으니까』라는 한 마디였다고요!"

아아, 그 말만 들어도 그 광경이 리얼하게 상상이 돼.

"게다가 『그럼 어떻게 그리면 되는데?』라고 물어도 『그걸 내가 어떻게 알아?』라고 하는 거 있죠? 진짜 무슨 소리를 하는 건지 전혀 모르겠다니까요!"

그래그래. 그 녀석은 그런 녀석이야.

"하지만 그런 소리를 하는 것도 어찌 보면 당연해요. 왜냐하면 오빠는 그림을 못 그리거든요."

맞아맞아. 원래 프로듀서는 크리에이터로서의 재능이 없는 녀석이 맡는 자리거든.

……바로 나 같은 녀석 말이야.

"그런 식으로 재작업을 시키고도 납기일은 연장해주지 않죠, 게다가 본인은 매일 같이 다른 여자애랑 놀러만 다닌다니까요……."

응, 그 점에 있어서만큼은 죽어도 돼. 아니, 죽어버려.

"정말, 다 때려치우고 싶어졌어요……. 아 푸념만 잔뜩 늘어놔서 죄송해요, 선배."

"아니, 괜찮아……."

나는 이즈미가 미안해할 필요는 없다고 생각했다.

왜냐하면 그녀가 늘어놓은 것은 진짜 푸념이기 때문이다.

나처럼 진심으로 저주하고 있지는 않았다.

그래서 이즈미의 말은 따뜻했다.

"……좋았겠구나, 이즈미."

"에이~ 하나도 좋지 않았어요. 선배, 제 말을 제대로 듣긴 한 거예요?"

"그렇구나. 아하하……."

뭐랄까, 좀…… 젠장.

그 동인 파락호의 정체를 알았는데도. 그 녀석의 시커먼 속내를 접했으면서도.

그런데도 이즈미의 목소리는 이오리를 향한, 변함없는 가족애로 가득 차 있었다.

"뭐, 아무튼 이건 그런 고난 끝에 탄생한 작품이에요……. 그러니까 꼭 플레이해보고 감상을 말해주세요."

"자신, 있구나?"

"물론이죠!"

그건…… 진심으로 푸념을 늘어놓을 만큼, 좋은 제작 환경이었다는 거구나.

이오리는 적절히 멤버를 관리하며, 멤버의 모티베이션을 유지했고, 납기일에 맞춰, 높은 퀄리티의 작품을 내놓는데 성공한 거구나.

"알았어……. 우리 게임도 완성되면 꼭 플레이해줘."

……그런 식으로, 때때로 진지한 측면을 보여주기 때문에, 그 녀석은 질이 나쁜 것이다.

매일 같이 다른 여자와 놀러 다닌다는 점에 있어서만큼은 죽어 줬으면 좋겠다고 생각하지만 말이다. 아니, 진짜로 죽어버려.

"실은…… 저, 오늘 토모야 선배와 만나는 게 불안했어요."

"어, 왜? 적대 관계니까 바람맞힐 거라고 생각했어?"

커피가 식어버릴 정도의 시간 동안 뜨거운 대화를 나눈 후…….

"아뇨. 선배는 별 문제 없을 거라고 생각했지만, 사와무라 선배가……."

"에리리가 왜?"

그리고 대화가 잠시 끊긴 후, 이즈미는 거북함이 섞인 목소리로 그 이름을 입에 담았다.

"토모야 선배의 메일을 몰래 체크한 사와무라 선배가 자기 추종자들을 데리고 먼저 약속 장소에 와서『너 따위가 토모야와 단 둘이 만나는 건 10년은 일러!』같은 소리를 하면서 제가 가지고 있던 게임 DVD를 빼앗아서 자근자근 밟아 박살내고, 저를 진흙탕에 빠뜨린 후 손가락질하면서 깔

깔 웃지는 않을까 하고……."

"잠깐잠깐잠깐?!"

"그리고 공포와 수치심 때문에 아무 말도 못한 저는 진흙투성이가 된 채 엉엉 울면서 집에 돌아가서, 엉망이 된 옷을 벗고 목욕을 하는데…… 그때 갑자기 슬픔과 함께 울분이 치솟아오르고…… 겨우 울음을 그쳤는데 또 쉴 새 없이 울음이 북받쳐 올라서…… 네~ 이~ 놈~ 카시와기 에리이이이~! 이 원한은 언젠가 반드시 갚아주마아아아아아~!!!"

"진정해! 제발 부탁이니까 원래 이즈미로 돌아와줘어어어~!"

그렇다. 이즈미는 그 이름을 입에 담았다.

입에 담기만 해도 인격이 변해버릴 만큼, 증오와 트라우마로 가득 찬 원수의 이름을 말이다.

"하아, 하아, 하아……. 죄, 죄송해요, 토모야 선배. 못난 모습을 보이고 말았네요."

"아, 아니, 그건 괜찮은데……. 그것보다 이즈미는 여전히 에리리가 언급되면 캐릭터가 변하고 마네."

주로 어두침침하고, 격렬하며, 20세기 후반 느낌으로 말이다.

"사와무라 선배야말로 저를 상대할 때면 캐릭터가 변한다고요!"

"으음~ 에리리는 항상 그런 느낌이잖아?"

"설마요. 평소에도 저렇게 성격 나쁜 여자애는 제 주변에 없다고요."

……미안, 미안해. 이즈미.

너의 그 상냥한 세계에, 무지막지하게 악랄하고 이질적인 녀석이 끼어들게 해서 미안해.

대체 그 바보는 이렇게 순진무구한 애에게 대체 얼마나 나쁜 영향을 준 거야?

"뭐, 뭐어, 에리리는 현재 이즈미에게 이상한 짓 못할 거야. 그건 내가 보증할게."

"예에~? 어째서요?"

"에리리는 지금 자기 일로 머릿속이 가득 차 있거든."

"그건…… 게임 원화 말인가요?"

"그래."

뭐, 『지금 바로 튀어오려고 해도 자동차로 몇 시간은 걸리니까』라는 이유도 있긴 하지만 말이다.

"그 녀석, 지금 그림으로 이즈미를 쓰러뜨리려는 생각밖에 없어."

"우와, 역시 미움 받고 있다는 점은 변함없는 건가요."

"너를 두려워하는 거야. 어떻게 보면 너를 존경하는 거지. 그 인기 동인 작가, 카시와기 에리가 말이야."

그리고 시마무라 중학교의 마돈나, 사와무라 스펜서 에리

리 선배가 말이야.

"……그걸 영광이라고 생각해도 될까요? 아니면 민폐라고 생각해야 할까요?"

"뭐, 그건 네 자유야."

"……후훗."

그 말을 들은 이즈미는 웃었다.

그것도 모멸과 증오가 섞이지 않은, 상냥한 웃음을…… 뭐, 아주 약간의 쓴웃음이 섞이기는 했지만 말이다.

"하지만 이즈미. 그래도 카시와기 에리는, 우리는, 지지 않아."

"저도 이번만큼은 엄청난 걸 만들어냈다고 자부하고 있어 요."

"응. 역시 하시마 이즈미……. 내가 작년에 가장 빠졌던 작가다워."

"그럼 선배……."

"그래. 서로의 건투를 빌자."

그리고 우리는 완전히 식어버린 커피로 건배했다.

그런 고로, 어이, 에리리?

너를 대신해 선전포고 해뒀으니까, 진짜로 원화 잘 부탁 해…….

　　　　　　　※　※　※

From: 『사와무라 에리리』〈e-lily@○○○.○○〉
To: 『토모야』〈T-AKI@○○○.○○〉
Subject: 사흘째
Date: Tue ○○ Dec 23:21

오늘 작업한 거, 첨부해서 보내.

한 장뿐이지만, 이걸로 루리 루트는 완성이야.

지금은 그랜드 루트 쪽에 관한 구상을 하고 있어.

이 루트, 알고는 있었지만 다른 시나리오와는 느낌이 달라.

선화와 채색면에서 지금까지와는 조금 다른 방식으로 어프로치 해야 할지도 몰라.

그러니까 내일부터는 아주 약간 진행 속도가 늦어질지도 모르겠어.

그래도 걱정하지 마. 아직 여유가 있으니까 괜찮아.

》너 지금 너무 무리하는 거 아냐?

》CG 늘리는 건 남은 작업을 다 끝낸 후에 생각하자.

나는 스스로 페이스를 만들어 나가는 타입이야.

빨리 원화 수를 정하지 못하면 작업을 할 수 없어.

From: 『아키 토모야』 〈T-AKI@○○○.○○〉
To: 『사와무라 에리리』 〈e-lily@○○○.○○〉
Subject: Re:사흘째
Date: Tue ○○ Dec 23:55

에리리에게.

오늘도 수고했어.

루리 루트의 엔딩 CG, 확인했어.

루리의, 많은 것들을 희생시키고 얻은 행복을 안타깝게 곱씹는 표정이 정말 최고였어.

그러니 이걸로 루리 루트는 끝났어. 고마워.

그리고 진행 스피드도 신경 쓸 필요 없어.

에리리가 가장 잘 할 수 있는 페이스로 그리면 돼.

그럼 네가 내일부터 시작할 그랜드 루트의 이벤트 CG, 기대하고 있을게.

≫나는 스스로 페이스를 만들어 나가는 타입이야.

≫빨리 원화 수를 정하지 못하면 작업을 할 수 없어.

알았으니까 그랜드 루트는 다섯 장이면 돼. 무리하지 마.

※　※　※

"흐음. 확실히 원거리 연애 그 자체네. 게다가 시간이 갈수록 소원해지는『초속 0센티미터』적인 느낌이야."

"남의 메일을 훔쳐보고 그런 절망적인 결론 좀 내놓지 말라고요!"

수요일 방과 후.

지난주에도 서클 멤버들과 왔던 통나무집 느낌의 카페.

"사흘 연속으로 너희의 메일 대화를 봤잖아? 사와무라 양의 문장이 날카로워지더니, 윤리 군의 코멘트에 대한 짜증이 배어나오기 시작했어. 게다가 너도 그걸 눈치챘기 때문에 답장을 쓸 때마다 저 자세가 되는 게 정말……. 완전히 여자 쪽에서 멀어져 가는 패턴으로 빠져들고 있네."

"그리고 평가도 하지 마요! 냉정하게 분석하지 말라고요! 그리고 사형 선고도 하지 마요!"

이 테이블에는 나, 그리고 내 스마트폰을 자기 것인 양 조작하면서 내 메일을 거리낌 없이 체크하고 있는 우타하 선배, 이렇게 두 사람만이 존재했다.

에리리가 요즘 들어 등교하지 않는 이유를 우타하 선배가 지나가는 투로 물어봤을 때, 반사적으로 '솔직히 말하면 귀찮은 일이 벌어질 것 같으니까.'라고 판단해 대충 둘러대려고 한 내가 바보였다.

이 조심성 많고 능구렁이에, 남을 괴롭히기 위해서라면 노력을 아끼지 않는 우타하 선배가 카토를 경유해 사전에 정보를 입수하지 않았을 리가 없잖아…….

"그래……. 이 메일 대화는 내 창작에 참고가 될 것 같아. 아, 그래도 라이트노벨 독자들의 취향에는 맞지 않을 것 같으니까 다음에 후시카와M문고에서 글을 쓸 때 써먹을게. 그저 남자에게 질렸을 뿐인데 마치 이런저런 일이 있었던 것처럼 덧없는 느낌이 감도는 문체로 적당히 얼버무린다면 나오키상 같은 일본 문학상도 노릴 수 있을지도 몰라."

"선배, 문예계를 너무 얕보는 거 아니에요……?"

가까운 지인들에게서도 이야기 소재를 수집하는 자세는 높게 평가하지만, 개인적 피해가 엄청난 수준이니 좀 자제해줬으면 좋겠다는 생각도 들었다.

"질렸느니 멀어져가느니 같은 소리를 하기에는 좀 이르지 않아요? 아직 일주일도 지나지 않았다고요."

"뭐, 사와무라 양의 멍청한 머리로는 한 남자를 오랫동안 기억하는 건 무리일 거야."

어이, 에리리…… 빨리 돌아와.

안 그러면 너는 이 머리카락과 성격이 시커먼 사람에게 모든 정보를 조작당한 끝에, 너에 대한 허위 정보 때문에 발생한 경제적 피해에 대한 천문학적인 위자료를 내게 될 거야.

"윤리 군도 그런 매정한 여자한테 매달릴 필요 없잖아? 항상 너만 바라봐온, 조신하고 청초하며 참을성 강한 여자애의 존재를 슬슬 깨닫는 게 어때?"

"그러니까 남녀 관계 같은 거랑은 상관없는 단순한 통조림이라고요."

그건 그렇고, 왜 조금 전까지 정면에 앉아있던 우타하 선배는 어느새 옆에 앉더니 몸을 밀착시켰을 뿐만 아니라 말을 할 때마다 내 귀에 숨결을 토하고 있는 걸까?

이런 게 조신하고 청초하며 참을성 강하다는 걸까?

"그렇다고 해도…… 아니, 그렇다면 윤리 군. 이번 사태의 책임은 너에게 있어."

"예? 나요?"

"마감을 코앞에 둔 크리에이터를 혼자 들판에 풀어놓다니……. 너, 디렉터로서 치명적인 미스를 범했다는 걸 알고 있는 거야?"

"치, 치명적인 미스?! 하, 하지만, 그렇게라도 하지 않으면 마감 안에 끝낼 수 없다고 에리리가……."

"윤리 군은 정말 무르고 달콤해 빠졌어. 넌 생크림을 듬뿍 얹은 비엔나커피에 토스트용 팥 앙금 토핑을 잔뜩 넣고, 그 위에 데니시를 얹은 소프트크림까지 투입한 후에, 메이플 시럽까지 듬뿍 집어넣었을 만큼 달콤해."

"그, 그, 그만해요!"

표현만 들어도 귀가 녹아떨어질 것만 같이 무시무시한 행위를 두 눈으로 봤을 때 어떤 느낌이 들지 감이 와?

나는 지금 그걸 리얼 타임으로 체험하고 있다.

"너는 불합리하고, 제멋대로인데다, 음흉한 속내가 훤히 드러나는 억지를 부리는 사와무라 양에게 너무 물러. 나에게는 달콤한 말 한마디 해주지 않으면서……."

"아니, 에리리에게 그런 적도 없고, 왜 그 이야기에 우타하 선배가 튀어나오는 거예요?!"

그리고 내 손등을 손톱으로 찌르지 마요. 아프다고요.

"아무튼, 사와무라 양은 분명 도망칠 거야. 내 ——를 걸수도 있어."

"아, 아뇨. 에리리가 그럴 리가……?!"

방금 선배가 무슨 말을 했어! 우타하 선배가 분명 무슨 소리 했지만, 나는 무조건 못 알아들은 척 할 거야!

"이건 어떤 편집자에게 들은 이야기인데……."

"이제『어떤』같은 말은 쓰지 않아도 돼요."

우타하 선배의 괴멸적인 교우 관계에서 추측해볼 때, 그 마치다 씨 사람 이외의 편집자 지인이 있을 확률은…….

"도망치려 하는 크리에이터의 징후는 메일이든 전화든 간에 어느 정도 패턴화되어 있대."

"뭐……."

"우선 레벨 1. 느닷없이 말투가 거칠어진다."

"윽……."

"그리고 레벨 2. 이번에는 자기 자신을 탓한다."

"으, 윽."

"레벨 3. 점점 연락이 늦어진다."

"으으……."

"레벨 4. 『죽고 싶다』나 『이제 무리』 같은 소리를 하며 주위 사람들은 안중에 없다는 듯이 자기연민에 빠진다."

"우와아……."

"결정타인 레벨 5. 어느 날을 경계로 전혀 연락이 되지 않는다."

"……."

"그리고 덤인 레벨 6은 실종된 여성 크리에이터를 열심히 찾아다녔지만, 실은 부모님 집에서 빈둥거리고 있다든가, 펜네임과 남자를 바꾼 후 이미 다른 일을 시작했다든가 하면서 잘 지내는 경우가 많대. 그러니까 버림받은 남자도 상대를 그렇게 걱정할 필요는 없다는 게 마치다 씨의 생각이야."

"저기, 마지막은 말하지 않아도 될 것 같은데요?"

"뭐, 아무튼 윤리 군? 사와무라 양은 현재 레벨 1 상태야. 이제 곧 레벨 2, 레벨 3으로 넘어갈 게 불 보듯 뻔해."

"그, 그럴 리가……."

우타하 선배의 엄청난 긴박감과 묘한 현실미로 넘쳐나는 이야기를 들을수록, 내 목은 타들어가듯 말라갔다.

뭐, 레벨 6은 제쳐두고 말이다.

"하지만 유감인 건 이게 이미 결정된 미래라는 거야. 이대로 있다간 너는 사와무라 양을 잡을 수 없어."

"어, 어째서요?!"

"왜냐면 너는 이미 저주에 걸렸거든."

"저주……라고요?"

"그래. 이 이야기를 사흘 안에 다섯 명의 프로듀서에게 하지 않으면, 네가 데리고 있는 크리에이터가 100% 도망가 버리는 저주야."

"그 소리가 하고 싶었던 것뿐이죠?! 그냥 그 소리가 하고 싶었던 것뿐인 거죠?!"

그렇다. 내 목은 타들어가기라도 한 것처럼 말라 비틀어졌다.

우타하 선배가 말해준, 엄청난 긴박감과 묘한 현실미로 넘쳐나는…… 도시괴담 때문에 말이다.

"에리리는 그림 못 그리는 업보를 짊어진 어둠의 크리에이터와는 달라요!"

"과연 그럴까? 작가가 글을 쓰지 못하게 되는 데 필요한 시간은 그야말로 한순간이야. 게다가 언제 다시 쓸 수 있게 될지조차 알 수 없어."

"하, 하지만 그 녀석은 이벤트에 참가하기 시작한 후로 한 번도 그런 적 없어요."

아니, 진짜 작가가 그런 소리를 하니까 등골이 오싹해집니다만.

"······혹시 사와무라 양을 계속 지켜봐온 거야?"

"아니, 그런 게 아니라 이벤트 때마다 책을 보내준다고요. 그것도 에리리 본인이 아니라 그 녀석의 부모님이요!"

저기, 선배 손톱이 좀 전보다 더 깊숙하게 제 손등에 박혔는뎁쇼.

"하지만 사와무라 양의 책은 대부분 성인물 아냐?"

"그런 건 아직 읽지 않았어요. 경의를 표하며 전부 침대 밑에 넣어뒀다고요."

슬슬 은폐 장소도 과부하 상태가 되어가고 있지만 말이다.

뭐, 아무튼, 거기 보관된 동인지 중에 미완성으로 보이는 작품은(표지만 봤을 때) 하나도 없었다.

인쇄본의 표지는 반드시 컬러 일러스트로 되어 있고, 행사장 한정 서비스 동인지도 펜 작업이 되어 있었다.

때때로 마감이 위험해져서 나를 마구 이용할 때도 있지만, 그래도 그 긴박한 승부를 즐기는 것처럼 결국에는 완벽한 책을 내놨다.

"그 녀석은 무슨 일이 있어도 폭주하지 않아요. 항상 철저한 계산에 맞춰 작업을 해요. 그러니 반드시 이쪽 세계로 돌아올 거예요."

그래서 안정되어 있다. 안정되었기 때문에 팬이 많다. 많은 팬이 있기 때문에…… 그 녀석은 엄청난 크리에이터다.

내가 무슨 말을 해도, 모두가 그 녀석을 인정하고 있는 것이다.

하지만…….

"…………너, 그녀를 바보 취급하는 거야?"

"어……."

내가 그렇게 에리리를 칭찬한 순간…….

우타하 선배의 표정이, 태도가, 말투가 변했다.

"왜 그녀를 장래성 없는 크리에이터처럼 취급하는 거야?"

"예, 에……? 아니, 그러는 선배야말로 바보 취급하고 있는 거 아니에요?"

"바보 맞잖아. 크리에이터는 기본적으로 사회성과 인간성과 협조성과 생활 능력과 수면 시간을 전부 희생해서 작품의 완성도를 높이는 ○○야."

"아니, 그렇지는 않아요. 생활과 창작을 양립하는 사람도 많―"

"하지만 인간성과 창작물 중 하나를 골라야 할 때, 주저 없이 후자를 선택하는 게 크리에이터라는 인종이야."

"어……."

평소보다 더, 내 말에 음험하게 반응했고, 거칠게 박살 냈다.

"사와무라 양은 절대로 무모한 짓을 하지 않는다. 폭주하지 않는다. 들뜨지 않는다. 한계를 뛰어넘기 위한 시련이 눈앞에 존재하더라도, 그 시련에 맞서지 않고 돌아온다……. 너는 그런 식으로 말한 거지?"

"우, 우타하 선배?"

게다가…… 지키려는 대상과 박살내려는 상대가 평소와는 정반대였다.

내가 아는 선배가 이럴 리 없다. 말도 안 된다.

"남 일이라서 더 짜증이 나네……."

"뭐, 뭐 때문에요?"

"사와무라 에리리를 싫어하는 내가, 그녀를 누구보다도 이해하는 줄 알았던 너보다, 카시와기 에리를 훨씬 높이 평가한다는, 말도 안 되는 사실 때문이야."

"으……."

선배가 그런 소리를 하니…… 에리리를 가장 응원하는 지지자 같잖아.

그 녀석의 가치를 가장 깊게 이해하고, 나…… 아니, 세간에 인정받지 못하는 것을 아쉬워하고 있는 열광적인 팬 같잖아.

마치 카스미 우타코를 바라보는 TAKI 같잖아.

"나, 나도……."

"응?"

"나도, 그 녀석을, 정말, 대단하다고 생각해요."

"주관적이 아니라 객관적으로 그렇게 생각하는 거잖아?"

"……."

어느새 나에게서 떨어진 우타하 선배는 맞은편에 앉았다.

그리고 나는, 우타하 선배의 말이 마음속 깊은 곳에 꽂힌 나는…….

술렁거리는 마음을 진정시키기 위해, 천천히 커피를 마셨다.

"윽?!"

……그러자 이번에는 생크림과 팥 앙금과 소프트크림과 메이플 시럽이 자아낸 파괴적인 단맛이 내 목을 찔렀다.

※ ※ ※

From: 『사와무라 에리리』〈e-lily@○○○.○○〉

To: 『토모야』〈T-AKI@○○○.○○〉

Subject: 미안해

Date: Thu ○○ Dec 02:43

미안해. 오늘은 진척이 없어.

솔직하게 말할게. 좀 막혔어.

어제도 말했지만, 그랜드 루트는 다른 루트와 문체와 전개가 달라. 무엇보다 시나리오 라이터의 사상 자체가 달라.

……아, 시나리오 라이터가 다르니까 당연한 거네.

이 반 년 동안 카스미가오카 우타하의 텍스트에 얽매여 있었더니, 어떤 식으로 그려야 할지 감이 안 와.

몇 장이나 그려봤지만 납득이 안 돼.

그림은 지금까지와 같은 느낌이라 그런지 텍스트와 섞이지 않고 붕 뜨는 느낌이야.

이런 일은 정말 처음이야. 작업을 진행할 수가 없어.

나, 대체 어떻게 된 걸까.

아, 그래도 기한 안에 반드시 완성할게! 반드시 해내겠어!

하루만 더 기다려줘. 그러면 하루 두 장 페이스로 돌아갈 수 있어.

※ ※ ※

From: 『아키 토모야』〈T-AKI@○○○.○○〉
To: 『사와무라 에리리』〈e-lily@○○○.○○〉
Subject: 괜찮아!
Date: Thu ○○ Dec 02:49

너무 생각이 많은 거 아냐?

너무 책임감 느낄 필요 없어. 무모한 요구를 한 건 이쪽이니까 말이야.

평소처럼『아직도 안 끝난 건 전부 네 탓.』이라고 말해줘. 그게 훨씬 에리리다워.

지금도 충분할 정도로 잘 해주고 있어. 그러니 좀 더 느긋한 마음으로 임해도 돼.

푸념이나 고민이 있으면 말해. 얼마든지 들어줄게. 작업이 막히면 전화 줘.

한밤중이라도 괜찮아. 어차피 나도 작업하고 있거든.

아, 그래도 일러스트 관련 테크닉 같은 건 모른다고.

그럼 이만 줄일게. 오늘은 이만 자.

※　※　※

『미안…….』

『미안해, 토모………야.』

『약속, 지키지 못……… 미안, 해.』

※　※　※

"마아아아아아아알도오오오오오오아아아아아아안돼애애애애애애애~~~~~?!"

그리고 목요일 아침.

비명을 지르면서 침대에서 벌떡 일어난 내가 본 것은 일곱 시를 가리키고 있는 내 방 시계였다.

요즘은 아르바이트를 하지 않기 때문에 평소 기상 시간에 일어났는데도, 눈꺼풀과 온몸과 마음이 무거웠다. 쾌적한 아침 기상과는 거리가 멀었다.

……뭐, 새벽까지 잠이 오지 않아서, 신문 배달부가 모는 바이크 소리와 서서히 밝아지기 시작한 바깥 광경까지 기억하고 있으니 거의 자지 못한 게 분명하지만 말이야.

"으음……."

이건 전부 에리리에게서 온 메일에 실린…….

『그리고 레벨 2. 이번에는 자기 자신을 탓한다.』

레벨 2

우타하 선배의 예언을 더욱 강화한 듯한, 그 무기력한 말들이 계속 마음에 걸렸기 때문이다.

"아아, 정말! 뭐 그딴 꿈이 다 있어?!"

그래서 그런 불길한 생각이 머릿속에서 떠나가지 않은 것이리라.

그 덕분에 당치도 않은 꿈을 꾸고 말았다.

장소와 시추에이션은 확실치 않고, 그녀의 말도 명확하게 들리지 않았다.

하지만, 그런데도 단편적으로 확신할 수 있는 점이 두 개 있었다.

에리리는 사과하고 있었고.

아무 것도 할 수 없는 나는 그저 멍하니 서있었다.

그 꿈이 지금 이 상황과 완벽하게 일치하는 점이 내 위를 강렬하게 압박했다.

그것은 머나먼 미래를 암시하는 꿈일까?

아니면…… 상상하는 것조차 무시무시한 일이지만, 이제 곧 일어나려 하는 현재의……?

"그럴 리가, 없어……."

그렇다. 그럴 리가 없다.

그 녀석은 지금까지 마감을 펑크 낸 적이 없다.

아무리 고민이 되어도, 괴로움에 떨더라도, 반드시 아슬아슬한 타협점을 찾아냈…….

……아니, 문제를 해결하고, 마감을 지켜왔다.

그러니 이번에도 해낼 것이라고 나는 믿고 있다.

에리리가 반드시 완성할 것이라고 말이다.

나 따위에게 사과할 리 없다고 말이다.

"학교나 가자."

그런 끝없는 고뇌에 빠져들려 하는 머리를 흔들어 고뇌

를 떨쳐낸 나는 방안의 차가운 공기를 가르며 교복으로 갈아입기 시작했다.

　오늘은 이 불길한 상황이 호전될 것이라고 믿으면서.

　하지만…….

※　※　※

　"하아아아암~."

　"……아키 군, 졸리나 보네?"

　"약간 그래~."

　금요일 점심시간.

　빵을 먹으면서 몇 번이나 하품하는 나를, 한 책상에 앉아 도시락을 먹고 있던 카토가 평소처럼 멍한 태도로 걱정했다.

　"그런데, 에리리에게서 연락은 왔어?"

　"……."

　"아키 군?"

　다시 한 번 말하지만, 지금은 『금요일』 점심시간이다.

　목요일이 빠진 것은 깜빡했기 때문이 아니다.

　그저 어제 수업 중에는 정신이 좀 나가 있어서 뭘 했는지 생각이 나지 않았다.

　"으음…… 드디어 연락이 끊겼어."

"뭐~."

그리고, 딱히 거론할 만한 일이 없었다.

……아니, 뭐, 『거론할 만한 일이 없었다.』는 것 자체가 거론할 만한 일이지만 말이다.

『레벨 3. 점점 연락이 늦어진다.』

이렇게 순조롭게 단계를 밟아가고 있으니, 나도 말수가 줄어들 수밖에 없다고.

"으음, 그럼 작업 쪽은 어떻게 되어가고 있어?"

"화요일 밤부터 진전이 없어. 루리 루트까지만 완성됐어."

"아~."

즉, 일부러 말하지 않은 건데, 현재 그랜드 루트의 이벤트 CG는 단 하나도 없다.

그 말을 듣자 카토마저도 말 수가 줄어들고 말았다.

그래도 그나마 다행인 점을 하나 꼽자면, 어젯밤에는 그 재수 없는 꿈을 꾸지 않았다는 것이다.

……뭐, 10분 간격으로 메일을 체크하느라 한숨도 못 잤으니 당연하지만 말이다.

"그래도 이럴 때는 안타깝네."

"왜 카토가 안타까워하는 건데?"

"그야 우리는 에리리의 고민을 이해할 수 없고, 조언도 해줄 수 없잖아."

"뭐……."

그건 우리에게 있어서는 너무나도 잘 알고 있다고 할 수 있는, 당연한 딜레마다.

"그 정도로 에리리는 우리와 다른 세상에 있는 일러스트레이터잖아."

설령 게임 제작의 최고 책임자와 메인 히로인일지라도…… 아니, 그렇기 때문에 우리는 최전선에서 싸우는 에리리의 전투 능력을 데이터로서만 알고 있다.

그녀가 얼마나 엄청난지는, 진정한 의미에서 이해할 수 없다.

"그렇게 대단한 녀석도 아냐. 카토와 절친이 될 수 있는 수준이잖아."

"아키 군. 그건 꽤 요점에서 벗어났을 뿐만 아니라, 에리리와 더불어 나까지 디스하는 발언이야."

"그러는 카토도 에리리가 엄청난 일러스트레이터라서 절친이 된 건 아니잖아?"

"그건 그래."

"그저 그 녀석이 겉보기에는 화려하지만 실은 속에 아무 것도 들지 않은 얼간이 빈 깡통이라는 걸 눈치챘기 때문에 안심하고 절친이 된 거지?"

"그렇지 않아."

그래도 카토에게 『요점에서 벗어났다』는 지적을 당하고 울컥한 나는 그녀의 말을 이해하지 못한 척 했다.

더욱 요점에서 벗어나는 방향으로 이야기를 몰고 갔다.

하지만 나는 아직 내가 이러는 이유도, 충동도, 알지 못했다.

"그럼 카토는 왜 에리리와 절친이 된 거야?"

"으음~ 일부러 우리 둘 사이에 서열을 만들어서 화근을 남기려고 하지 말아 줄래?"

"그런 게 아니라고. 카토는 처음에 그 녀석을 꽤 거북해 했잖아?"

상대의 비밀을 움켜쥐고 있으면서도 협박당하고, 표정에^{1권 제4장} 특징이 없다 같은 말도 안 되는 규탄을 당하는 등,^{2권 제4장} 에리리와 카토의 관계는 처음 만났을 즈음에는 전도다난하기 그지없었다.

하지만 지금은 서로에게 있어 거의 유일한 절친이나 다름없는 존재가 되었으니, 정말 인간은 알다가도 모를 존재다.

"아~. 좀 그랬을 지도 몰라……. 특히 로쿠텐바 몰 때는^{2권 에필로그} 정말 장난 아니었어."

"로쿠텐바 몰? 카토, 에리리와 거기 간 적 있어?"

"……아~ 착각했어. 미안해, 아키 군. 그건 완벽한 착각이야~."

어라? 교과서 읽는 듯한 말투로 말하니 거꾸로 캐릭터가 살잖아……?

"그러니까…… 엄청 평범한 대답일지도 모르지만, 요즘 들어 겨우 진짜 에리리를 알게 되었기 때문이려나?"

"진짜 에리리라니…… 어떤 애인데?"

"으음, 올곧게 비틀려 있어서, 알기 쉬우면서도 다루기 힘들다고나 할까……."

"너, 역시 마음속으로는 그 녀석을 내려다보고 있구나."

"그리고 한 번 마음을 연 상대를 절대 배신하지 않아."

"…………하하."

내가 물어놓고 이런 반응을 보이는 건 좀 그렇다고 생각하지만…….

그래도 나 자신도 어이없어 할 만큼 말라비틀어진 미소가 자연스럽게 내 입가에 맺혔다.

"정말, 아키 군……. 옛날에 두 사람 사이에 무슨 일이 있었는지는 모르겠지만 지금의 에리리는 믿어주자. 응?"

그런 내 표정을 보고 내 생각을 눈치챈 카토는 조금 전보다 약간 심각한 표정을 지으면서 나를 지그시 바라보았다.

"하지만 그 녀석은 아직도 주위 사람들을 속이고 있잖아? 실은 에로 동인 작가면서, 상류층 아가씨인 척 하면서 오타쿠인 걸 속이고 있다고."

"하지만 더는 속일 수 없는 상황에 처했어. 에리리가 오타쿠라는 게, 가짜 아가씨라는 게 들통 나기 일보직전인 상황이라구."

"말도 안 돼……."

그 녀석이 그런 실수를 할 리가 없다.

그것도 그럴 것이 8년이라고, 8년.

초등학교 3학년이 고등학교 2학년이 될 때까지의 시간 동안, 그 녀석은 거짓말로 자신을 포장하며 살아왔어.

"그 이유가 아무래도 나와 친구가 됐기 때문인 것 같아."

"그게 무슨 소리야?"

"솔직히 말해 나는 아키 군의 친구, 아니, 부하잖아?"

"아니, 그렇게 자신을 깎아내릴 필요는 없다고 생각하는데……."

뭐, 그래도 다른 적당한 표현을 모색하는 것도 귀찮기에 더는 추궁하지 않지만 말이다.

"아키 군의 부하인 나와 친구가 된 에리리는, 아키 군과도 친분이 있는 것 아닌가 하는 소문이 돌고 있어."

뭐 그딴 3단 논법이 다 있어…….

나와 카토를 가지고 이러쿵저러쿵하는 건 그렇다 쳐도, 그런 음모설 같은 소문까지 돌다니, 토요가사키 학원은 꽤나 음험한 곳이네.

"하지만 그건 단순한 억측이잖아. 에리리가 부정하면 바로 수습될 텐데?"

"안 해."

"왜? 우리는 몰라도 다른 학생들은 그 녀석의 감언이설에 바로 속을—."

"아니, 소문이 수습되지 않는 게 아니라, 에리리가 부정하지 않는다는 말이야."

"뭐?"

"애매하게 웃으면서 대충 둘러대기는 하지만…… 그래도 절대 그 말을 하지 않아."

"뭘, 말이야?"

"아키 군과 아무런 관계도 아니라는 말은…… 절대, 하지 않아."

"……."

왜?

왜? 이제 와서, 대체 왜?

……우리는 진짜로 아무 사이도 아니잖아?

"분명 머지않아 아키 군과 에리리는 『진짜로』 화해할 수 있을 거라고 생각해."

그런 소리, 가볍게 하지 마…….

"그러니까 우리가 에리리를 위해 할 수 있는 일이 있다면 꼭 하자. 응?"

내가 그 녀석을 마음속 깊은 곳에서 얼마나 미워했고…….

얼마나 갈구해왔는지, 알지 못하잖아.

아무리 카토라도 그런 소리를 하면 미워할 거야.

그게 얼마나 어이없는 짓인지 알면서도 하는, 제멋대로에, 불합리하고, 얼간이 같은 녀석이 될 거라고.

"토요일까지 에리리에게 연락이 없으면 나스 고원에 가보자. 전철로 두 시간 정도면 갈 수 있지?"

카토의 목소리도 아까보다 더 멍한 듯한 느낌이 들었다.

"아, 참. 아키 군은 집에서 대기하고 있는 편이 좋을지도 몰라. 만약 데이터가 온다면 바로 작업할 수 있도록 말이야."

아니, 그렇지 않다.

그저 그녀가 한 말이 머리에 들어오지 않을 뿐이었다.

　　　　　　　　※　※　※

『미안해, 미안해, 토모 군……. 야, 약속, 지키지 못해서, 미안, 해.』

　　　　　　　　※　※　※

"윽~~~?!"

이번에는 비명도 나오지 않았다.

목 깊숙한 곳이 무언가로 막힌 듯한 느낌을 받고, 그것을 서둘러 토해버려야만 할 듯한 초조함에 휩싸인 내가 침대에서 벌떡 일어나자, 어둠속에서 빛나고 있는 『04:00』이라는 디지털시계가 눈에 들어왔다.

요일은 어느새 토요일로 바뀌어 있었다.

즉, 남은 납기 기한은 하루다.

"하아, 하아, 하아……."

자신의 거칠어진 숨소리와 땀에 젖어서 몸에 찰싹 달라붙는 잠옷이 기분 나빴다.

밤을 새어가면서 연락을 기다릴 생각이었는데 어느새 잠들어 버린 탓에 좀 겸연쩍은 느낌이 들었다.

"그건……."

그리고 무엇보다, 다시 꾸고 만 『그 꿈』의 진짜 의미 탓에 기분이 최악이었다.

에리리는 사과하고 있었고.

아무 것도 할 수 없는 나는 그저 멍하니 서있었다.

그 꿈은 분명 이틀 전에 꾼 꿈과 동일했다.

하지만 이번에는 장소와 시추에이션을 명확하게 『떠올렸으며』, 말도 들렸다.

즉, 그것은 미래를 암시하는 것도, 머지않아 일어날 현재를 가리키는 것도 아니라…….

"물……"

베갯머리에 놓인 페트병을 열고, 안에 든 물을 단숨에 들이켰다.

그리고 그 꿈을 잡념으로 치부한 나는 머리를 휘저으며 그것을 떨쳐냈다.

그것도 그럴 것이, 지금은 그 외에도 생각해야 할 일이 산더미처럼 있었다.

마감 하루 전…… 즉, 게임 데이터 납기일의 전날인 것이다.

지금 완성되지 않은 것은 그랜드 루트용 이벤트 CG 다섯 장이다.

그리고 그 외에는 전부 완성됐다…….

이런 명확한 상황에서 내가 내려야 하는 판단은 심플했다.

그리고 너무나도 어려웠다.

『그랜드 루트를 삭제하고 납기한다.』

내가 심혈을 쏟아 부었고, 우타하 선배가 인정해준, 경박하고, 졸렬하며, 내 혼이 담긴 시나리오를 『없었던 것』으로…….

나와 우타하 선배의, 그 광란의 주말을 없었던 것으로 치부하면, 우리의 게임은 지금 바로 완성된다.

실제로, 어제 그랜드 루트를 삭제한 버전은 완성해뒀다.

그러니 남은 것은 내가 결단을 내린 후 DVD 생산 회사에 납기하면 우리의 겨울 코믹마켓은 성립한다.

그렇다면, 내가 선택할 수 있는 길은……

1. 그랜드 루트를 빼고 납기한다.
2. 아니다. 아직 하루 남았다.

1을 선택하면 노멀 엔딩 이상은 확정된다.

그리고 지금 상황에서 2를 선택한다면……

1. 나스 고원에 가서 에리리를 독촉…… 아니, 돕는다.
2. 에리리를 믿고 기다린다.

이 난해하면서도 게임 공략적으로 볼 때 심플한 선택지 중 하나를 나는 골라야만 했다.

"……목욕하고 오자."

하지만 이런 한밤중에, 그것도 막 자다 일어난 상태에서 결정을 내릴 자신이 없는 나는 땀에 젖은 티셔츠를 벗고 방에서 나가려고 했다.

"……어?"

하지만 그 전에 요즘 들어 거의 습관이 되어버린 메일 체크를 하려고 생각한 순간, 내 운은 다하고 말았다.

※　※　※

From: 『사와무라 에리리』〈e-lily@○○○.○○〉
To: 『토모야』〈T-AKI@○○○.○○〉
Subject: (제목 없음)
Date: Sat ○○ Dec 04:00

오늘, 바다를 봤어. 이제 무섭지 않아.

※　※　※

"에에에에에에에에리리이이이이이~~~~~?!"
　도치기 현에는 바다가 없잖아, 같은 딴죽을 날릴 때가 아니었다…….

※　※　※

『으음, 슬슬 토모야도 어려운 판단의 기로에 섰을 것 같아서 말이야.』
　"그런 이유로 너는 이런 몸도 마음도 다 얼어붙을 것 같은 메일을 보낸 거냐?!"

현재 시각은 토요일 오전 4시 10분.

뭐, 간단히 말해 메일을 보자마자 허둥지둥 전화를 걸자, 에리리는 바로 전화를 받았다.

"볼일이 있으면 바로 전화를 해. 아니면 메일에 『전화 줘.』라고 쓰면 되잖아."

『하지만 그러면 내가 쓸쓸함을 못 참는다는 오해 받을 거 아냐.』

"으……."

진정해라. 진정해라, 나.

바라옵건대, 오늘의 내가, 어제의 나보다 뛰어난 인간이기를…….

"……그런데, 그쪽은 좀 어때? 에리리."

『그게 말이야. 지금 눈이 내리고 있어. 어제부터 밖은 새하얘서 완전 환상적인 분위기야!』

"……그거 다행이네."

『꺼』의 억양이 약간 비틀릴 정도로 어금니를 깨문 나는 태연을 가장하면서 분위기 파악 못한 듯한 에리리의 말에 맞장구를 쳐줬다.

그것도 그럴 것이 어금니를 깨물지 않으면 태연을 가장하지 못할 만큼, 전화기 너머에 있는 에리리의 목소리는 해맑고, 즐거우며, 비장감이 눈곱만큼도 느껴지지 않았던 것이다.

"저기, 안 그래도 바쁠 텐데 이런 걸 물어서 미안한데 말이야. 원화 작업의 진척 상황을 가르쳐주지 않을래?"

하지만 나는 프로듀서 겸 디렉터다.

크리에이터의 모티베이션을 낮추지 않는 것이야말로 나에게 있어 최대의 미션인 것이다.

그래서 "얼마나 걱정했는지 알아?!"라든가, "하하, 남의 마음은 모르면서 팔자 한번 좋네."라든가, "여보세요? 나야, 토모. 지금 네 등 뒤에 있어." 같은 말을 해서는 안 된다.

『휴우, 그게 말이야……. 아마, 기한 안에 완성할 수 있을 거야.』

"저, 정말이야?!"

하지만 저자세로 나간 보람이 있는지, 에리리의 대답은 내가 생각해뒀던 패턴 중에서 꽤 긍정적인 것이었다.

『실은 말이야. 어제, 좋은 아이디어가 떠올랐어.』

"오오, 그렇구나!"

혹시 연락을 하지 않은 것은 작업 페이스가 좋았기 때문이며, 실은 모든 CG를 완성한 걸까?

『나는 지금까지 캐릭터와 배경을 레이어로 따로 구별해서 그렸잖아?』

"그야 뭐, 게임 원화는 보통……."

『하지만 나는 미술부 활동도 하잖아? 그래서 그런지 캐릭터와 배경을 따로 그리는 게 좀처럼 확 와 닿지 않았어.』

"그, 그래……?"

『밸런스 같은 게 말이야. 아무도 없는 풍경 안에 다른 곳에 있던 인간을 가져다 붙여 놓은 것 같은…… 그렇잖아? 실제로도 가져다 붙인 거니까 말이야.』

"……에리리?"

하지만 에리리의 입에서 나온 말은 내 등골을 서늘하게 만들었다.

『그래서 발상을 바꿔봤어……. 유화에도, 수채화에도 레이어는 없잖아.』

"……잠깐만 있어 봐. 너……."

『역시 한 장의 그림 안에 인물과 풍경이 녹아들어서, 서로에게 좋은 영향을 주는 게―.』

"잠깐만 있어보라고, 에리리!"

『응? 토모야, 왜 그래?』

에리리의 목소리와 말은 무시무시할 정도로 뜨거웠다.

기존의 생각을 뒤집어서, 새로운 아이디어에 눈 뜬 자기 자신에게 흥분하고 있었다.

"네 말은 그러니까…… 지금부터 작화 방식을 바꾸겠다는 거야?"

『전부 다 바꿀 거야. 우선 물감으로 그리고, 컬러 스캐너로 스캔한 후, 그걸 밑바탕 삼아 이번에는 PC로 채색을―.』

"……그건 똑같은 짓을 번거롭게 두 번 하는 거잖아? 완전 무리 아냐?"

『괜찮아, 할 수 있어! 뭐, 나 말고는 아무도 못할지도 모르지만 말이야. 아하하.』

"에, 에리리?"

그리고 그런 리스크를 아랑곳하지 않으면서, 그저 앞으로 나아가는 것을 강하게 고집했다.

『아, 지금까지의 CG와는 터치 방식이 달라질 거야. 그래도 밸런스라면 걱정하지 마. 그랜드 루트는 텍스트도 다른 루트와는 밸런스가 맞지 않으니까 말이야. 아하하하하.』

"윽?!"

소름이, 돋았다.

에리리는 현재 무리해서 밝은 척 하는 것이 아니었다.

『그러니까 지금 바로 작업을 시작하고 싶어. 마침 밖에는 눈이 내리고 있잖아. 그랜드 루트의 엔딩은 계절을 지정하지 않았으니까 겨울이라도 되지? 눈이 쌓여 있어도 괜찮지?』

"그 전에 에리리. 부탁이니까 이것만 가르쳐줘."

『뭐야. 사람이 모처럼 텐션이 올라가 있는데…….』

그렇다. 지금의 에리리는 텐션이 너무 올라가 있었다.

한마디로 말해 고장 나 있었다.

바로, 각성 상태가 된 우타하 선배처럼…….

"너, 지금 몇 장 완성했어?"

『그러니까 지금부터 그릴 거라니까 그러네.』

즉, 아직 한 장도 그리지 못한 것이다…….

"그런 상태에서 지금부터 뭘 하겠다고?"

『그러니까 물감으로 그리고, 그 후—.』

"지금부터 다섯 장을?"

『몰라. 하지만, 적어도 다섯 장은 완성할 테니까 안심해!』

마감을 하루 앞둔 상황에서 원화 숫자도 미정인데, 어떻게 안심하라는 거야?

그리고 방금, 이 녀석은 절대 흘려들어서는 안 되는 소리를 했다고.

"눈이 쌓여 있어도 괜찮지?"

에리리, 너 대체 어디서 그림을 그리려는 거야……?

"완전 무모하잖아……."

『할 수 있어!』

"윽?!"

에리리는, 완전히, 지금까지의 에리리와는 달랐다.

『토모야가, 기대해준다면, 할 수 있어…….』

혹시 이것이, 내가 항상 그녀에게 부족하다고 주장했던 『무언가』를 얻으려 하는 크리에이터로서의 탐욕인 걸까?

혹시, 시나리오 라이터 카스미 우타코가 독설을 뱉으면서도 열망해왔던, 일러스트레이터 카시와기 에리의 궁극진화 형태?

하지만, 나는…….

"알았어. 하지만…… 너무, 무리하지는 마."

『토모야, 왜 그래? 너 지금 무슨 소리를 하는 거야?』

"아니, 그러니까 말이야. 만약 마감을 지키지 못해도 이쪽에서 어떻게든 할게."

『못 지키면…… 어떻게 할 건데?』

"그때는 그랜드 루트를 빼고……."

『안 돼! 절대 안 돼! 그걸 뺀다니, 말도 안 돼!』

"에, 에리리?"

『저기, 토모야. 솔직하게 말할게. 이 말, 두 번 다시 안 할 거야. 평생 안 할 거라구!』

『나…… 네가 쓴 이 루트가 제일 좋아! 진심으로 좋아한단 말이야!』

"윽?!"

『문장은 서툴고, 구성도 엉망진창이라서 읽기 힘들지만, 감동했어! 너무 감동해서 눈물까지 흘렸어! 행복한 기분을 맛봤어!』

"아니, 으음……."

『역시 나는 해피엔딩 마니아야……. 너랑 마찬가지라구.』

"……응."

예전의 에리리라면 절대 이런 찬사를 나에게 하지 않았을 것이다. 하지만 나는 이번만큼은 그 찬사에 납득할 수 있었다.

그것도 그럴 것이, 나와 에리리는 근본적인 감성이 동일하기 때문이다.

한솥밥…… 아니, 같은 HDD에 든 애니메이션을 보면서 자란, 영혼의 동지니까.

『그러니까 그릴 거야. 그릴래……. 너무 신경 쓰다 보니 꽤나 늦어지고 말았지만 말이야.』

"그랬, 구나."

『기다려줘, 토모야……. 나, 내일까지 반드시, 엄청난 원화를 완성할 거야!』

이렇게 뜨거운 에리리는 한 번도 본 적이 없다.

이렇게 뜨겁고, 감동적이며, 코가 맹맹해지게 만드는 에리리의 말은, 들은 적이 없다.

그래도, 나는…….

"내일, 거기로 갈까? 혹시 필요한 거 없어?"

『오지 마!』

"윽……."

『……하지만, 보고 싶어.』

"뭐야. 오라는 거야, 오지 말라는 거야?"

『이게 다 네가 전화했기 때문이잖아…….』

"그건 네가……."

『네 목소리를 들었더니, 쓸쓸함을 참을 수가 없게 됐단 말이야.』

"……."

역시 에리리의 현재 텐션은 이상하다.

마치 열이라도 나는 것 같았다.

마치, 자신의 입장조차도 잊어버린 것만 같았다.

『그 대신 부탁 하나만 들어줘.』

"좋아. 뭔데?"

『나를, 격려해줘.』

"뭐……."

그리고 마치 8년 전으로 돌아간 것처럼…….

『네가, 카스미가오카 우타하에게 하듯이.

네가, 효도 미치루에게 하듯이.

네가, 하시마 이즈미에게 하듯이.』

『너라면 반드시 할 수 있다고.

너는 실은 엄청나다고. 천재라고.

그러니까 반드시 이기라고, 말해줘.』

"에리리⋯⋯."

전화 너머에서 들려오던 목소리가 멎더니, 약간 격렬한 숨소리가 들렸다.

하지만 그 침묵은, 자신이 방금 한 말을 후회하고 있는 것도, 부끄러운 소리를 하고 부끄러워하고 있는 것도 아니었다.

그저, 진심으로 나의 리액션을 기다리고 있는 듯한.

자신이 갈구해온 것을, 한결같이 기다리고 있는 듯한.

방금 말한 것처럼, 내, 격려를, 기다리고 있는 듯한.

그렇다면 나는 답해야만 한다.

에리리의, 진심에, 진심으로 응해야만 한다.

〝알았어. 그림을 그려⋯⋯.

그리고, 그리고, 또 그려!

하루에 다섯 장. 아니, 열 장, 백 장이라도 괜찮으니까 그려.

미리 말해두겠는데 그냥 그리기만 한다고 되는 건 아니라고.

왜냐하면 공동 작업에서 가장 중요한 건 납기니까 말이야.

그리고 크리에이터에게 있어 가장 중요한 건 퀄리티야.

그러니까 너는 이 두 가지를 무슨 수를 써서라도 양립해.

납기에 맞춰, 최고의 퀄리티를 지닌, 엄청난 그림을, 완성하라고!

지금까지의 네가 그리지 못했던 것을…….

다른 누구도 그리지 못했던 것을, 순식간에, 그려내라고!"

그리고, 이렇게 많은 말이.

스스로 바보 같다고, 에리리가 듣고 질리지 않을까 하는 생각이 드는, 그런 오타쿠의 헛소리가 이렇게 넘쳐흘러 나오는데도…….

"응. 에리리라면…… 할 수 있어."

그런데, 나는…….

"그러니까 네가 하고 싶은 대로 해. 그러면 뒷일은 내가 어떻게든 할게."

헛된 수고를, 생략하고 말았다.

말을 고르고, 또 고르고 말았다.

열기를, 잊고 말았다…….

뭐야? 너, 진짜 아키 토모야 맞아?

혹시 어떻게 된 건 에리리가 아니라, 나 아냐……?

『응, 알았어.』

다시 들려온 에리리의 목소리는 왠지 상냥한 것 같았다.

사와무라 스펜서 에리리가 아닌 것처럼, 나에게 물러 터졌다.

『토모야. 나, 해낼게.』

"응……."

하지만 그런 상냥한 목소리에서 우러난 결의는 역시 강했다.

식을 대로 식은 내 목소리를 듣고도, 꿈쩍도 하지 않았다.

그 순간, 깨닫고 말았다.

사실 에리리는 내 힘을 빌릴 필요가 없다는 사실을.

내가 없으면 아무 것도 하지 못하는, 약해빠진 여자애가 아니라는 것을.

……아니, 그것은 몇 년 전에 깨달았다. 하지만…….

『그럼…… 끊을게.』

"에리리!"

내 마지막 외침은 에리리에게 전해지지 않았다.

그저 통화가 끝났다는 사실을 알리는 전자음만이 나를 맞이했다.

제5장

아마 이 시리즈 전체에서 가장 짧은 장(章)(예정)

그리고 일요일.

현재 시각은 오후 여덟 시 즈음.

『끝냈어……. 그랜드 루트의 원화, 전부 완성했다구! 토모야!』

"에, 에리리?"

에리리가 우리 서클에 최후의 복음을 전한 것은 일전의 전화 후로 40시간이 지나고 나서였다.

『러프와 선화, 채색을 하루 반 만에 전부 끝냈어! 그것도 일곱 장이나! 이렇게 빨리 그린 건 사상 최초야! 자기 신기록이라구! 더는 추월당하지 않아! 아니, 절대 안 당할 거야!』

"아니, 잠깐만 있어 봐. 너……."

『아, 미안해, 토모야. 원래 다섯 장이었는데 두 장 늘어났어. 역시 말이야. 최종결전 때의 전원 집합 장면의 CG가 없으면 좀 그렇잖아? 그 구도는 라스트 신의 전원 집합 그림과 대비되는 연출이잖아!』

그리고, 40시간 지난 지금도 에리리의 텐션은 여전히 높았다.

『그래서 작업량을 조금 늘렸지만…… 뒷일은 토모야가 어떻게든 해줄 거지?』

하지만 지금의 에리리는 하루 반 전과는 명확하게 달랐다.

『그럼 지금부터 파일을 메일로 보낼게. 아, 사이즈가 커서 메일로 전부 다 첨부해서 보내는 건 어려우려나…….』

"에리리."

『어떻게 하지. 한 장씩 메일로 보낼까? 아니면 무료 전송 서비스를 이용해서…….』

"에리리!"

『왜 그래, 토모야. 왜 좀 전부터 계속 고함지르는 거야? 그렇게 소리치지 않아도 다 들린―.』

"너, 체온 재봤어?"

『뭐?』

너…….

왜 목이 완전히 쉬어버린 거야?

"얼굴이 뜨겁지 않아? 머릿속이 멍하지 않아? 몸이 아프지는 않아?"

『무슨 소리 하는 거야……. 나는 괜찮다구.』

"하지만, 너……."

『이건, 전부, 기분 좋은, 달성감에서 우러난, 피로가, 틀림없ㅡ.』

"아……."

나는 그때, 처음으로 접했다.

이렇게까지 『배터리 방전』이라는 표현이 딱 들어맞는 순간을 말이다.

『…………어, 라?』

"에리리……?"

갑자기 에리리의 텐션과 목소리 톤이 하늘에서 땅까지 단숨에 떨어졌다.

『왠지…… 추워.』

"에, 에리리? 잘 들어. 일단 마음을 차분하게 가라앉혀. 너 지금, 방에 있어?"

아차…… 이건 완벽한 내 실수다.

나 때문에 에리리는 눈치채고 만 것이다.

자신이 어떤 상태인지를.

뇌내마약만으로 움직이고 있던, 거짓된 자신의 종언을.

『방? 방, 인가? 여기? 어라, 하지만, 난로 있는데? 왜?』

"그야 거기는 나스에 있는 별장이니까……."

『아~ 그렇구나……. 그런데 언제 여기 올 거야?』

"아니, 네가 오지 말라고……."

『그런 말 한 적 없어……. 우리, 약속 했잖아.』

"약속이라니? 무슨 약속?"

『여름방학이 되면 같이 우리 별장에 가서 같이 벌레를 잡기로 했잖아.』

"뭐……."

『항상 게임만 했으니까, 때로는 밖에서 놀자고…… 토모야가 말했었잖아?』

맙소사…….

진짜로 위험하다.

"에리리…… 지금 바로 전화 끊어."

『뭐~? 왜~?』

엄청난 트라우마로 점철된 데자뷔가 등골을 타고 흘렀다.

"그리고 의사를 불러. 혹시나 해서 말하는데 도쿄에 있는 주치의 말고, 나스 고원 쪽에 있는 주치의를 부르라고."

『무슨 소리 하는 거야. 괜찮아……. 내일이 되면 여, 열도 내려갈 거야~.』

"역시 열이 나는 거잖아! 언제부터 그랬던 거야?!"

나는 어제부터 느껴졌던 불길한 감각을 믿지 않은 것을 후회했다.

『괜찮아…… 토모 군.』

"큭!"

그 불가사의한 꿈의 의미를, 깊게 생각하지 않은 것을, 후회했다.

『나, 진짜로, 괜찮, 으니까…….』

"에리리!"

『내일이야말로, 같이, 놀 수, 있어…….』

"바보! 일어나! 에리리! 에리링! 에리림보!"

내 마지막 외침은 에리리에게 전해지지 않았다.

그저 뭔가가 떨어지는 소리가 들리더니, 전화기 너머에서 들려오던 소리가 끊어졌다.

제6장

에리리 · 스페셜 이벤트 2

『으, 응……?』

눈을 뜬 에리리를 가장 먼저 덮친 것은 목에서 느껴지는 고통이었다.

그리고 코 안쪽에서 느껴지는 열기와, 완전히 말라버린 입 안의 위화감, 그리고 몽롱한 머리.

그런 평소와 전혀 다른 몸 상태 탓에 좁아져 있던 시야가 다시 넓어지자, 처음 보는 천장이 눈에 들어왔다.

……아니, 눈에 익은 천장이었다.

『……오래간만에 사고 쳤네.』

자신의 현재 몸 상태를 인식한 에리리는 이 일주일 동안 있었던 일을 떠올렸다.

일주일 안에 원화 열 장을 그려야만 하는 절체절명의 위기 상황에 빠졌다.

그런 위기 상황을 극복하기 위해, 나스 고원에 있는 별장에 자신을 가뒀다.

식량과 연료를 대량으로 준비하고 전기, 가스, 수돗물 등의 인프라를 확보한 에리리는 일주일 동안 그저 그림을 그리고 또 그리는 수라 같은 나날에 돌입했다.

처음에는 순조로웠다.

하루에 두 장 페이스로 작업이 완료되자, 이대로 가면 주말 전에 도쿄에 돌아갈 수 있을 거라고 생각했다.

하지만 토모야가 시나리오를 쓴 『그랜드 루트』의 장면을 그리게 되면서, 자신의 그림에서 위화감을 느꼈다.

한 번 느끼고 만 그 의혹은 아무리 머릿속에서 지우려 해도 지울 수 없었고, 결국 이틀 동안 작업을 하지 못했다.

그리고 남은 하루 반 동안 다섯 장을 그려야만 하는, 자신이 한 번도 달성한 적이 없는 스피드를 발휘해야 하는 상황에 처했다.

……그런데, 깨닫고 말았다.

지금까지 써온 방식보다 더 번거롭고, 한 번도 해본 적 없는, 그리고 어쩌면 자신의 틀을 깨부술 수 있을지도 모르는, 금단의 작화 방법을 말이다.

그래서 에리리는 선택하고 말았다. 아니, 선택하지 않았다.

『자신이 납득할 수 있는 그림을, 자신이 납득할 수 있는 방법으로, 그리고 토모야가, 서클이 추구하는 속도로』라는, 모든 것을 거머쥐는 길을 선택했다. 그 중 하나라도 버리는 길을 선택하지 않았다.

그 후부터의 기억은 애매했다.

무엇을 그렸는지도, 그리면서 어떤 느낌을 받았는지도, 몇 장을 그렸는지도.

그리고 그게 며칠 전의 일이었는지도…….

『……다섯 시? 어?』

자신의 말을 듣지 않는 몸을 필사적으로 일으켜, 베갯머리에 있는 시계를 보았다.

요일 표시는 Mon.

그리고 창밖에는 검은색과 흰색만이 존재했다.

어둠과, 눈뿐인 것이다.

그러니 지금은 아마 월요일 오전 다섯 시일 것이다.

마감으로부터 반나절 정도 지난, 한밤중이다.

『아, 아, 아아아……!』

침대에서 일어나는 것과 동시에, 아까까지의 고통을 능가하는 오한과 구역질이 에리리를 덮쳤다.

하지만 그것은 따뜻한 이부자리에서 나와 추위를 느꼈기 때문이 아니었다.

그저, 초조함과 후회와 절망에서 오는, 정신적 대미지였다.

『안 보냈어……!』

그제야 자신이 마지막으로 중얼거린 말까지 포함해서 전부 떠올렸다.

자신은 마감을 지켰다고 생각했지만, 실은 지키지 못했다는 사실을 눈치챘다.

겨우겨우 그린 마지막 그림을, 도쿄에서 기다리는 토모야에게 보내지 않는다는 치명적 실수를 저질렀다는 사실을, 떠올렸다.

『빨리, 빨리 메일을 보내야 해……. 안 그러면 게임을 완성할 수가…….』

왜 쓰러져버린 걸까.

왜 잠들어버린 걸까.

왜 자신만 토모야에게 도움이 되지 않는 걸까.

『토모야…… 토모야…….』

열과 고통과 나른함 때문에 일어설 수도 없었다.

하지만 에리리는 냉정함을 되찾아야 한다는 생각마저 하지 못한 채, 필사적으로 발버둥 쳤다.

PC가 있는 곳으로 가서, 메일을 보낸 후, 토모야에게 연락해서, 지금이라도 게임을 완성―.

『……아얏!』

『……어?』

하지만, 그런 에리리의 초조함을 비웃듯, 하느님은 짓궂기 그지없는 짓을 벌였다.

그것도 그럴 것이, 에리리가 내딛은 발아래에서는…….

『아야야야야……. 너, 지금, 있는 힘껏 밟았지? 에리리…….』

『어, 어……?』

토모야가 굴러다니고 있었던 것이다.

그것도 나스 고원에 있는, 사와무라 가의 별장 안에 있는.

에리리가 잠을 자는 침실에 말이다.

진(眞) · 제6장

이번에야말로, 이번에야말로 플래그가 선 거지?!(???)

"이야, 토모야 군. 늦어서 미안해."

그리고 그 후로 한 시간도 채 지나지 않은, 일요일 오후 아홉 시 직전.

내 집 앞에 차 한 대가 서더니, 그 차에서 내린 한 남자가 나를 향해 손을 내밀었다.

"그럼 가볼까? 고속도로로 가면 오늘 안에 도착할 거야."

"저기, 잠깐만 기다려봐, 이오리."

맑은 미소년 음성이 귀에 거슬렸다. 멋들어진 손짓 발짓 하나하나가 마음에 들지 않았다. 얼굴과 스타일과 패션이 흠잡을 곳 없어서 걷어차 주고 싶어졌다.

독특한 스타일의 갈색 머리카락을 지닌 예의 인물.

동인업계 최강 클래스의 서클인 『rouge en rouge』를 운영하는, 내 중학생 시절의 절친이자 현재 내 천적인 하시마 이오리.

그리고, 내 귀여운 후배인 하시마 이즈미의, 귀엽지 않은 오빠.

"오래 기다려줄 수는 없어. 우리는 내일 아침까지 도쿄로 돌아와야만 하니까, 빨리 출발해야 하거든."

"출발…… 어디로?"

"뭐야, 네가 말했었잖아. 지금부터 나스 고원에 원화를 가지러 간다고 말이야."

"잠깐잠깐잠깐! 잠깐만 기다려!"

이 동인 파락호…… 아니, 악랄한 라이벌은 연기하는 듯한 언동으로 내 목적을 살짝 비틀어서 말했다.

"나, 그런 말 한 적 없어! 그리고 가는 이유가 다르고, 가는 사람이 다르고, 너한테도 돈 좀 빌려달라고 부탁했을 뿐이잖아!"

그렇다. 확실히 나는 이오리에게 연락했다.

에리리와의 통화가 그렇게 끊어진 후, 나는 바로 나스 고원으로 향하기 위해 필요 최소한의 준비만 한 후, 나스 시오하라에 가는 전철이 있는지 확인하면서 집을 나섰다.

하지만 집을 나서고 세 걸음 정도 디뎠을 즈음, 나스 시오하라에서 사와무라 가의 별장까지 이동할 수단…… 즉, 택시비가 없다는 사실을 눈치챘다.

그래서 택시비로 쓸 수만 엔을 빌리기 위해 이 녀석에게 머리를 숙였을 뿐인데…….

"맞아. 소개할게. 이 사람은 에나카 씨. 세무사인데, 우리 서클의 세무 관련 업무를 담당해주고 있어."

그렇다. 이오리는 운전사 딸린 BMW를 타고 우리 집에 왔다.

"그리고 에나카 씨. 이 사람이 좀 전에 말한 아키 토모야 군. 내 천적이야."

"아, 안녕하세요…… 아키라고 해요."

이오리의 말을 듣고 아무 말 없이 고개를 숙인 에나카 씨라는 사람은 키가 조금 작고, 검은색 양복을 입었으며, 소프트모자를 썼고, 긴 머리카락을 머리 뒤로 모아 묶은, 연령미상의 자유로운 느낌의 형님이었다.

"토모야 군의 전화를 받았을 때, 마침 숍 위탁 관련 회의 중이었거든. 그 자리에 있던 에나카 씨가 차로 데려다 주겠다고 했어."

"하, 하지만 그런 폐를 끼칠 수는……."

"대중교통으로 가면 갈아타는데 시간이 걸리잖아? 게다가 막차를 놓치면 어떻게 할 거야? 지금은 순순히 내 제안에 응하는 편이 좋을 것 같다고 생각하지 않아?"

"으, 으으윽……."

분명 이오리의 말이 맞다.

그리고 적이지만 대단하다고 생각할 수밖에 없을 만큼 친절한 제안이다.

서클 안에 어른이 없는 나는 머리를 숙일 수밖에 없었다.

하지만 이오리. 이 말만은 해야겠어…….

멤버 중에 BMW를 모는 세무사가 있다니, 너희 서클은 무슨 기업이냐?!

※　※　※

"오호라. 나스 고원에 있는 별장에서 혼자 작업을 했구나. 게다가 병에 걸린 것 같다고?"

출발한 차의 후방좌석에 나와 나란히 앉은 이오리는 우리 서클에 지금 일어난 트러블에 대해 세세하게 물었다.

그리고 나도 내키지는 않지만 이번에 끼친 폐에 대한 보상 삼아 이야기를 시작했고…….

결국 차로 도치기 현에 있는 목적지까지 데려다 주는 데 모든 이야기를 다 해줄 수밖에 없다는 사실을 깨닫고 말았다.

"그런데, 사와무라 양의 집에는 연락했어?"

"나중에 할게."

"정확한 주소와 별장에 들어갈 방법 같은 건 전부 확보해 뒀어?"

"……거기 도착하기 전에 반드시 전화할 거야."

하지만 이 굴욕이 최종적으로 나에게 도움이 되었다는 사실이 또 굴욕적이었다.

그것도 그럴 것이, 이 녀석은 이런저런 실무나 준비에 있어서는 무지 유능하기 때문이다.

눈치가 빠르고, 배려를 잊지 않으며, 게다가 누구와는 달리 생색을 내지 않는다.

……이러니까 여자들이 항상 따라다니는 것이고, 내가 짜증이 나는 것이다.

"아, 그리고 하나 더 가르쳐줬으면 하는 게 있는데 말이야."

"이번에는 뭐야?"

"그러니까, 카시와기 에리의 키, 체중, 스리 사이즈 정도?"

"이 자시이이이익?!"

※　※　※

"많이 기다렸지? 얼추 준비해왔어."

"……응."

"갈아입을 옷과 속옷은 에나카 씨에게 골라달라고 했어. 내가 고르는 것보다는 낫지?"

"……그래."

"약도 준비했어……. 감기약과 해열제, 그리고 영양 젤리야. 그래도 현지에 도착하면 의사를 부르는 편이 좋을 거야."

"……알아."

"자, 그럼 가자. 시간을 조금 낭비하기는 했지만 이해해달라고."

"……미안해."

"응? 뭐? 방금 한 말 안 들렸어, 토모야 군~."

"오해해서 미안! 여러모로 신경써줘서 고마워!"

오후 열 시 즈음.

우리가 탄 차는 인터체인지에서 약간 떨어진 곳에 있는 쇼핑몰의 주차장에 있었다.

방금 몰에서 돌아온 이오리와 에나카 씨가 유명 체인 약국과 쇼핑몰의 로고가 그려진 봉지를 차례차례 차에 실었다.

……여성용 일용품이나 약을 준비할 생각을 전혀 하지 못한 나를 내버려둔 채 말이다.

"뭐, 거기 도착하면 가게가 문을 닫았을 테고, 나스의 인터체인지 근처에 가게가 있는지도 모르잖아."

"……고마워."

진심으로 고맙고, 진심으로 분했다.

이렇게 배려심 많고 눈치가 빠르면, 여자뿐만 아니라 남자도 홀딱 넘어갈지도 모른다.

하지만 사온 물건은 기본적으로 1회용품일 것이다. 틀림없다.

"그건 그렇고, 이번에 나에게 기대줘서 정말 기뻤어, 토모야 군. 이러고 있으니 중학교 때가 생각나는걸."

"잘 들어, 이오리……. 내가 너에게 연락한 건, 내가 아는 사람 중에서 네가 가장 주머니 사정이 좋을 것 같아서야. 안 그러면 누가 너 같은 녀석에게……."

"……그런 은혜 모르는 인간이나 할 법한 말은 도움을 끝까지 받은 후에 하는 게 좋지 않을까?"

이오리가 그런 말 하지 않아도, 이게 억지라는 것은 알고 있다.

그것도 그럴 것이 나는 현재 이 녀석에게, 『rouge en rouge』에게 완전히 지고 있다.

이런 상태에서 겨울 코믹마켓에 승부를 하겠다니, 정말 웃기지도 않는다.

그렇다면 나는…….

아무리 초라하더라도, 내가 할 수 있는 최대한의 답례를…….

"어이, 이오리."

"왜? 토모야 군."

"이건 내 진심어린 충고야. 진지하게 들어줘."

"뭐? 그, 그래……."

적이 베푼 은혜에는 조금이라도 보답해야만 한다.

※　※　※

"……그러니까, 이 이야기를 사흘 안에 다섯 명의 프로듀서에게 하지 않으면, 네가 데리고 있는 크리에이터가 100% 도망쳐버리니까 조심해."

"……너는 좀 전에 내가 한 말을 제대로 듣기는 한 거야?"

그래서 나는 우타하 선배가 가르쳐준 귀중한 정보를, 적인 이오리에게도 숨김없이 가르쳐주기로 했다.

좋아. 이걸로 빚은 없어.

※　※　※

"그건 그렇고, 이번 일은 좀 토모야 군답지 않네."

"그렇지만 원화가가 병으로 쓰러지는 걸 예상할 수 있을 리가 없잖아."

오후 열한 시.

차는 도쿄를 빠져나와 도호쿠 자동차 도로에 들어섰다.

차의 온도계도 도쿄에 있을 때보다 3도 정도 낮은 온도를 가리키며 목적지가 얼마 남지 않았다는 것을 알려주고 있었다.

"그래? 평소의 너라면 이 정도 트러블쯤은 얼마든지 커버했을 텐데? 동료들에게 의지하거나, 이쪽저쪽으로 협상을 해서 말이야."

"나는 너만큼 요령이 좋지도 않고, 냉정하지도 않아."

그럴 때, 한동안 침묵에 잠겨 있던 이오리가 나를 책망하기 시작했다.

"그래. 너는 나와 달라. 전혀 스마트하지 않아. 게다가 쓸데없이 뜨겁기까지 해."

"그걸 알면서……."

"그래서 나 따위는 예상도 하지 못할 정도의 힘을 위기 상황에서 발휘하며 여기까지 온 거잖아."

"……어."

"이즈미에게 들었어……. 시나리오 총량 2메가 오버. 음악도 서른 곡 이상인데다 보컬곡 포함. 원화도 완성된다면 이벤트 CG만으로도 백 장이 넘는다면서?"

"그건…… 결과적으로 그렇게 됐을 뿐이야. 내 매니지먼트가 나빴기 때문에 말이야."

"다른 사람이었으면 순식간에 좌초됐을 거야. 대체 고교생들이 장난삼아 만든 서클로 무슨 짓을 하고 있는 거야?"

"우리는 장난이……."

"그래. 너는 항상 믿기지 않을 만큼 진지했어. 하지만 이번에는 어때?"

"뭐?"

그렇다. 확실히 이오리는 말로 나를 탓하고 있지만…….

그 질책의 방향성은 내가 예상조차 못한 곳을 향하고 있었다.

"지금의 너는 아무 것도 하지 않고 있는 거나 마찬가지야."

예를 들어 시나리오 때는 어땠지?

플롯 단계에서 멤버와 격렬한 논쟁을 벌였고, 시나리오 완성 후에도 재작업을 하게 했으며, 결국 자신이 시나리오 중 하나를 담당하면서까지 완성했다.
<small>우타하 선배</small>

"코앞까지 다가온 겨울 코믹마켓과 진지하게 마주하고 있지 않아."

예를 들어, 음악 때는 어땠지?

좀처럼 동료가 되어주지 않는 멤버를 설득하기 위해 밴드 매니저를 겸임하기까지 하며 억지로 끌어들였다.
<small>미치루</small>

"지금의 너는, 지금까지의 토모야와 달라."

하지만 원화 쪽은…….

멤버가 멋대로 무리를 했다.
<small>에리리</small>

게다가 나는 무리하지 못하도록 말리기는커녕 그냥 방치했다.

"토모야 군은 지금 나스 고원으로 향할 때가 아냐. 다른 멤버를 보내고, 너는 집에서 게임 완성을 위해 최선을 다해야만 했어."

카토는 자처해서 가보겠다고 했다.

자신이 에리리에게 가보겠다고, 그녀의 별장에 위문 방문을 해서 원화 재촉을 열심히 하겠다고 했었다.

같은 여자니까 도움이 될 거라고 했다.

"왜 그러지 않았지? 왜 마지막에 와서 힘을 뺀 거지? 너는 대체 뭘 신경 쓰고 있는 거지?"

나는 지금 최선을 다하지 않고 있는 것인가?

겨울 코믹마켓을 위해서. 서클을 위해서.

반 년 동안 해온 노력을, 전부 부정하려 하고 있는 건가…….

"하지만…… 병에 걸렸으니 어쩔 수 없잖아."

"그래도 최선책을 선택하지 않았어. 평소의 너라면 게임과 그녀, 양쪽 다 구하려고 했을 거야."

"하지만 에리리가 지금 괴로워하고 있단 말이야!"

"그러니까, 그녀는 다른 동료에게 맡기고……."

"안 돼……. 그런 제멋대로인 녀석 때문에, 다른 사람에게 폐를 끼칠 수는 없어."

그것도 그럴 것이, 그 녀석은 혼자서 멋대로 튀쳐나갔어…….

멋대로 통조림을 하면서, 멋대로 최선을 다하다, 멋대로 쓰러지고 만 거야.

"하지만 너희는 동료잖아? 동료가 동료를 돕는 게 뭐가 문제라는 거야?"

"안 된다면 안 되는 거라고!"

그것도 그럴 게 우타하 선배는 에리리와 엄청 사이가 나쁘고.

미치루도, 에리리가 일방적으로 싫어하고.

카토는…… 내가, 카토를, 너무 좋을 대로, 이용만 해왔으니까…….

"나는 말이야, 토모야 군…… 네가 그저 카시와기 에리를, 아니, 사와무라 에리리를 독점하고 싶어 하는 것처럼 보여."

"뭐……?!"

이때 내가 평소처럼 츤데레틱하게 부정할 수 있었다면, 이오리의 추궁을 피할 수 있었을지도 모른다.

하지만 그 순간의 나는 화제를 돌리지도, 억지로 부정하지도 못했다.

그저 침묵에 잠긴 채, 이오리의 추측이 확신으로 바뀔 시간을 줄 수밖에, 없었다.

※　※　※

"그럼 우리는 슬슬 가볼게."

"……그래."

오전 0시 30분.

나스 고원에 있는, 사와무라 가의 별장 앞.

여벌 열쇠로 집안에 들어가 사온 물건을 옮겨놓고, 에리리에게 간단한 응급처치를 하고 겨우 한숨 돌렸을 즈음, 이오리와 에나카 씨는 허둥지둥 차로 돌아갔다.

"의사와는 연락이 됐어?"

"지금 바로 왕진을 오겠대. 스펜서의 이름을 댔더니 바로 승낙하더라고."

"아하하……. 일반 사회에 나오면 우리 중 그 누구도 그녀를 당해낼 수 없겠는걸."

일단 최악의 사태만은 피했다.

에리리는 집안에 있었다.

하지만 그렇다고 해서 최상의 사태도 아니었다.

에리리는, 쓰러져 있었다.

침대에 돌아가지 못한 채, 방 한가운데에서 신음을 흘리고 있었다.

"저기, 토모야 군."

"왜?"

"아직, 포기하지는 마."

두 사람이 차에 탄 후, 시동을 거는 소리가 들렸다.

하지만 출발하기 직전, 이오리는 에나카 씨에게 무슨 말을 한 후, 들고 있던 메모에 번호 같은 것을 써서 나에게 건넸다.

"이게 뭐야……?"

"좀 전에 우리가 이용하는 업자에게 연락해봤어. 거기도 마감 기한이 지나기는 했지만, 오늘 오전까지는 기다려주겠대."

"이오리……?"

이게 대체 어떻게 된 거지.

"잘 들어, 토모야 군……. 그때까지, 어떻게든 게임을 완성하는 거야."

예전에, 나는, 이오리를 어떻게 평가했었지?

"여기서 게임을 완성한 후, 첫차를 타고 도쿄로 돌아가는 것도 좋아. 다른 멤버에게 연락해서 도쿄에서 게임을 완성하게 하는 것도 좋아. 지금 바로 작업을 시작하면 어떻게든 될 거야."

아마, 『쓸모 있는 인간과 쓸모없는 인간을 차별한다.』였지?

하지만 지금의 나는 내가 생각해도 쓸모없는 인간이며, 이오리의 적이다.

"……미안해, 이오리."

"괜찮아. 돈과 정치력으로 해결 가능한 문제를 푸는 건 그리 어렵지 않아. ……그럼 안녕."

그런데, 이건, 어떻게 된 걸까…….

오전 0시 35분.

나스 고원에 있는 사와무라 가의 별장 앞.

언덕을 내려가는 차의 불빛이 보이지 않을 때까지, 나는 계속 머리를 숙이고 있었다.

"…………미안해 이오리. 미안해, 카토. 다들, 미안해."

감사와, 사죄와…….

그리고 이제부터 범하게 될, 새로운 잘못에 대한 회한의
마음을 담아서 말이다.

※ ※ ※

"하시마, 가……?"

"응."

그리고 오전 다섯 시 즈음.

에리리가 눈을 떴고, 어느새 의식을 잃고 말았던 나도 겸
사겸사 눈을 떴다.

그래서 나는 지금까지 있었던 일을 설명해줬다.

에리리가 쓰러진 후, 내가 이곳에 올 때까지 있었던 일들
을 말이다.

"그 녀석, 이 집에 들어온 거야……? 내 그림이 곳곳에 굴
러다니고 있었는데……."

"아, 그 녀석도 그걸 신경 썼는지, 여기까지 차를 몰아준
분이 도와줬어."

나 때문에 결국 다시 침대에 들어가게 된 에리리는 이불로 얼굴을 반쯤 가린 채 이쪽을 쳐다보고 있었다.

아직 열이 완전히 내려가지 않았고, 말도 더듬거리고 있었으며, 때때로 혀 짧은 소리도 냈다.

나는 왠지 "지금의" 에리리와 이야기하고 있는 느낌이 들지 않았다.

"그건 그렇고, 네 부모님은 꽤나 매정하네."

여기 오는 길에 사와무라 가에 연락해보니, 에리리의 어머니는 여벌 열쇠를 두는 곳과 현지에 있는 의사의 연락처를 가르쳐준 후, "힘내, 토모 군♪"이라고 말하면서 전화를 끊었다.

"나는 고등학생이고, 여기는 우리 가문의 별장이잖아. 그 정도는 당연한 거야."

"그래…… 당연한 거구나."

고교생인 에리리는 그 정도로 충분하구나.

사와무라 가 사람들은 다 성장한 거야.

성장하지 않은 건 나뿐이구나…….

"그런데, 의사 선생님은 뭐래?"

"아무래도 인플루엔자 같대."

"……정말?"

"그래. 한동안 돌아가지 못할 것 같아."

에리리가 의식이 없기 때문에 확실하지는 않지만, 체온이

39도를 넘은 것을 보면 거의 틀림없다면서 불길한 호언장담을 했었다.

몸이 약하면 은둔형 외톨이도 인플루엔자에 감염되는구나…….

"거짓말. 진짜 최악이야. 겨우 원화 작업을 끝냈는데~."

"그래."

이렇게 되면, 에리리는 완치될 때까지 이 별장에서 지낼 수밖에 없으리라.

남은 2학기 동안 학교 등교 불가는 확정이다.

"아아~ 작업이 끝나면 밀린 애니메이션 보고, 연말 특수를 노리고 나온 게임을 마구 사고, 인터넷 만화 카페에서 24시간 마라톤을 할 생각이었는데~."

"애니메이션은 여기서 봐. 그리고 인터넷 주문 쪽은 배송지를 이쪽으로 바꾸면 되지 않아?"

뭐, 인터넷 만화 카페 쪽은 어찌 할 방법이 없지만 말이다.

"정말 스케줄이 완전히 엉켰어. 겨우 다 나을 즈음이면, 곧 겨울 코믹마켓…… 아."

"뭐, 뭐라도 먹을래? 죽이라도…….'

"……게임은 완성됐어?"

"……."

드디어, 거기에 도달하고 말았다.

잠시만 더, 열 때문에 정신이 몽롱한 상태였으면 좋겠다는 생각이 들지만.

내 마음이 정리될 때까지 기다려줬으면 좋겠다는 생각이
들지만.

"내 그림, 봤어?"

"그래."

"……어땠어?"

"응……. 일곱 장 다 오케이야."

"저, 정말?!"

"그래. 전부 통과야. 이걸로 소재는 전부 모였어."

실은 단순한 오케이 정도의 완성도가 아니었다.

하지만 지금의 나에게는 그 점에 대해 이야기할 의미도,
자격도 없다.

"그럼, 게임이 완성된 거야?"

"……."

"……토모야?"

에리리는 비틀거리면서도 억지로 몸을 일으키더니, 나를
정면에서 바라보았다.

나는 아무 말 없이, 그녀를 다시 침대에 눕히려 했다.

"지금은 병을 고치는 것만 생각해."

……전력을 다해, 얼버무리려 했다.

"네가 여기서 이러고 있는 건, 게임이 완성됐기 때문이
지?"

하지만 에리리는 그런 내 노력을 헛수고로 만들었다.

"내 그림을 추가해서 게임을 완성했고, 디버그를 한 후, 납기한 거지?"

정말, 이 녀석이나, 저 녀석이나…….

"나, 그림 완성했잖아?"

에리리도, 이오리도, 그리고 카토도…….

"그러니까 토모야는 게임을 완성시켰지……?"

왜 내가 만능이라고 생각하는 거야…….

"설마…… 너."

에리리가 그 다음 말을 중얼거린 것은 약 십 초 동안 아무 말 없이 내 얼굴을 바라본 후였다.

하지만 그 십 초 동안 변하고만 에리리의 표정은 제대로 쳐다볼 수 없을 만큼 애처로웠다.

"작업을 내팽개치고 온 거야……?"

"올바른 판단이야."

그래서 나는 그 말을 입에 담고 말았다.

병에 걸려 힘들어하는 에리리에게, 치명적인 대미지를 주고 마는 그 주문을 말이다.

"너 대체 무슨 짓을 한 거야아아아아아아……, 아, 윽, 콜록, 윽!"

그 목소리는 평소의 에리리의 높고 새된 목소리와는 비교도 되지 않을 만큼 낮고, 메말랐으며, 고통에 차 있어서, 제대로 알아들을 수 없었다.

하지만 그 말이 지닌 의미와 마음과 감정은 그 목소리보다 날카롭게 내 가슴에 꽂혔다.

"너는 쓰러졌잖아? 인플루엔자에 걸렸잖아? 일주일은 안정을 취해야할 상황이라고."

"하지만 그림은 완성했어! 마감 안에 끝냈다구!"

"긴급한 환자를 구하는 것과 게임 완성 중, 어느 쪽을 택해야 할지는 뻔하잖아."

"그럼 양쪽 다 선택했어야지!"

이오리와 같은 말 하지 마.

다른 녀석들과 같은 소리 하지 말라고.

너희들, 상식이 너무 부족하잖아.

"지금 바로 돌아가, 토모야…… . 윽, 콜록, 콜록, 으, 윽."

"어이, 더는 말하지 마."

에리리는 구역질을 참듯 손으로 입을 막으며 기침한 후, 이번에는 천식 발작이라도 일어난 것처럼 거친 숨을 내쉬었다.

그런 상태에서도, 그녀는 말을 계속했다.

"돌아가서, 게임을 완성해서, 납기해…… ."

"이미 늦었어."

그렇다. 이미 늦었다.

설령 지금 바로 돌아가서, 이오리가 소개해준 업자에게

부탁하면 어떻게든 될지라도.

지금 내 마음속에는, 에리리를 버려두고 돌아간다는 선택지가 존재하지 않았다.

"내 일주일을 헛되게 만들 거야? 우리 모두의 반년을 헛되게 만들 거야?!"

"패키지판을 겨울 코믹마켓에 내놓지 못하는 것뿐이야……. 거의 다 완성됐으니까 언제 내놓더라도 딱히 다를 건 없어."

"토모야 너, 무슨 소리를 하는 거야?!"

나 정말 무슨 소리를 하는 걸까…….

그럼 왜 우타하 선배를 지옥 밑바닥까지 몰아넣었지?

카토와 둘이서 며칠을 밤샘해가면서 디버그를 한 거지?

그야말로 모순 덩어리다.

"바보, 바보오…… 토모야는, 왕 바보오오오옷!"

"……뭐, 맞는 말이야."

에리리의 절규가, 우리 외에는 아무도 없는 이른 아침의 조용한 방 안에 울려 퍼졌다.

그 깊은 한탄은, 절망은, 인정사정없이 나를 책망하고 있었다.

……하지만 지금의 나에게는 이 녀석의 원념 어린 목소리가 전해지지 않았다.

더욱 강하고, 뿌리 깊으며, 굳센 마음이 그 목소리를 막고 있었기 때문이다.

　그래. 어쩔 수 없잖아.

　에리리를 간병하면서 게임을 만드는, 그런 요령 좋은 짓을 어떻게 하냐고.

　"에리리는…… 그냥 놔두면 금방 죽어버릴 것 같단 말이야."

※　※　※

　『미안해, 미안해, 토모 군…….』

　『야, 약속, 지키지 못해서, 미안, 해.』

　그것은 초등학교 2학년 여름방학.

　내가 처음으로 나스 고원에 있는 별장에 초대받았을 때 있었던 일이다.

　나와 에리리는 이 저택에 머무르는 일주일 동안 별장에 가져온 게임기로 놀거나 녹화해둔 애니메이션이나 DVD를 보면서, 아침부터 밤까지 인도어(indoor)한 생활을 만끽했다.

　하지만 처음부터 그럴 예정이었던 것은 아니다.

　모처럼 한 여름에 나스 고원에 가게 됐으니 벌레 사냥이나 등산, 강에서의 물놀이 등, 평소와는 달리 밖에서 놀 계획을 세우고, 두근거리는 마음을 안고 이 날을 맞이했던 것이다.

……하지만, 출발 첫날 에리리가 고열로 쓰러지는 바람에 밖에 나가지 못하는 나날이 일주일 동안 계속되었을 뿐이다.

나는 그런 인도어한 리조트 생활을 『재미없다』고 생각할 틈도 없을 만큼 에리리를 걱정하며 울어댔다. 하지만 그녀와 함께 즐긴 애니메이션과 게임으로 그 괴로운 마음을 누그러뜨려, 최종적으로는 즐거운 추억으로 승화시켰다.

에리리와 아직 사이가 좋았던 시절에는 그런 이벤트가 자주 일어났다.

함께 풀장에서 논 다음날에 쓰러진 에리리를 일주일 동안 간병하거나.

운동회에 오지 못한 에리리에게, 참가상인 연필을 가져다 주러 가거나.

딱히 별일 없는데도 열을 내며 쓰러진 에리리의 문병을 갔다 휴대용 게임으로 대전을 하기도 했다.

설에도, 크리스마스에도, 히나마츠리[#1]에도, 시치고산[#2]에도, 그녀가 아름답게 치장한 차림보다 잠옷 차림만 기억하

#1 히나마츠리(雛祭リ) 여자 어린이들의 무병장수와 행복을 빌기 위해 해마다 3월 3일에 치르는 일본의 전통 축제.
#2 시치고산(七五三) 일본의 전통 명절. 남자 아이가 3살, 5살, 여자 아이가 3살, 7살 되는 해의 11월 15일에 아이의 무사한 성장을 신사 등에서 감사하고 축하하는 행사.

고 있었다.

그리고 그런 기억을 더듬어 가보면, 언제나 최종적으로는 미소를 짓고 있지만, 처음에는 가라앉을 대로 가라앉은 내가 존재했다.

……지금 생각해보면, 당시부터 아파하는 에리리를 보며 심각하게 가슴 졸이며 울먹거릴 만큼 걱정한 사람은 나뿐이었을지도 모른다.

자주 아픈 에리리를 태어난 순간부터 대해온 두 부모님과 본인은 나처럼 딱히 아픈 적이 없었던 인간보다 몸은 몰라도 마음이 강했던 걸지도 모른다.

하지만 나는 몸이 튼튼했던 탓에 몸이 약한 에리리의 회복을 쉬이 믿지 못했다.

그 후로 8년 동안, 시간의 흐름에 맞춰 성장한 에리리와 보지 않으면서 오랫동안 살아왔다.

그래서 나는 지금의 에리리의 건강만큼은 신용하지 못했다.

또 쓰러지지 않을까, 쓰러지면 다시 일어서지 못하는 것 아닐까, 그냥 내버려둬도 될까, 내가 눈을 뗀 사이에 악화되는 것은 아닐까.

오랫동안 내버려뒀으면서, 딱히 책임지지도 못하면서 말

이다.

그런데도, 나는 나 자신을 제어하지 못했다.

※ ※ ※

"으, 흑, 훌쩍, 우, 우에엥……."

"어이. 이제 그만 울음 좀 그쳐……."

"누구 때문에……, 훌쩍, 으, 흑, 흐흑……."

슬슬 해가 뜬다.

우리 싸움의 끝을 알리는 아침이 다가오고 있었다.

"발매일이 조금 늦춰지는 정도로, 이 작품의 가치는 떨어지지 않아."

그 후로 두 시간 동안.

에리리는 침대에 엎드린 채 울어댔다.

……몇 시간 전의 나처럼 말이다.

"그리고 겨울 코믹마켓에도 낼 수 있어. 양이 조금 줄 뿐이야."

"하지만 이길 수 없어……. 그 애에게, 『rouge en rouge』에게 이길 수 없어."

겨울 코믹마켓에 아무 것도 낼 수 없는 것은 아니다.

이미 데이터를 전부 확보했으니, 직접 DVD를 굽고 매뉴얼을 만든다면 백 장 정도는 충분히 준비할 수 있으리라.

그저 연말까지 천 개 단위로 만들 수 없을 뿐이다.

분포 수량의 차이로, 처음부터 『rouge en rouge』와 승부가 되지 않을 뿐이다.

하지만…….

"더는 싸울 필요 없어."

테이블 위에 놓인 용지를 한 장씩 바닥에 깔았다.

그것은 내가 에리리를 발견했을 때, 방 안에 흩어져 있던 원화…….

아니, 이것은 원화가 아니라 회화(繪畫)다.

"네 그림, 정말 엄청나……."

"……뭐?"

에리리는 우선 물감으로 이 원화를 그리고, 그것을 컬러 스캐너로 스캔한 후, PC로 이벤트 CG를 완성했다.

같은 수고를 두 번 들이는 데 어떤 의미가 있는 것인지 나 같은 풋내기는, 아니, 아마 에리리 이외의 그 누구도 이해하지 못할 것이다.

하지만 에리리의 선택은 옳았다.

그 사실은, 최종적으로 완성된 CG가 말해주고 있었다.

"올해 본 그림 중에서…… 최고의 히트작이야."

"으…… 토모야."

이 방에 들어온 순간, 소름이 돋았다.

그것은 방 안이 추웠기 때문도, 쓰러져 있는 에리리를 봤기 때문도 아니다.

바닥에 흩어져 있는 일곱 장의 그림 때문이었다.

그것은 동인 작가 카시와기 에리가 지금까지 그렸던 그림이 아니었다.

미술부 부원 사와무라 스펜서 에리리가, 지금까지 그렸던 그림도 아니었다.

지금까지와는 터치가 완전히 다르기 때문에 카시와기 에리의 팬이나 모에만 밝히는 오타쿠들이 받아들이지 못할 것 같다고 생각할 수도 있지만, 그 점에 있어서도 빈틈이 없었다.

원래의 터치가 남아 있으며, 그려진 여자애는 놀라울 정도로 귀여웠다.

리얼하고 모에하며, 예술적인 그림이다.

대체 어떻게 이런 요소를 융합시킨 것인지, 나 같은 풋내기는, 아니, 아마 에리리 이외의 인간은 전혀 이해하지 못할 테고, 재현하지도 못할 것이다.

"그, 그럼…… 뭐, 하나만 물어봐도 돼?"

"……응."

"내 그림이, 그 애의 그림보다, 엄청나……?"

"응."

"윽, 아, 아하, 아하…… 흐윽."

미안해, 이즈미…….

하지만 이건 거짓말이 아냐.

내 안의 『좋아하는 그림쟁이 랭킹』이 진짜로 변해버렸어.

"아하하하하……. 으, 으, 우아…… 해냈어, 해냈어……
이겼다구."

나의 주저 없는 대답을 들은 에리리는 변했다.

하지만, 코를 훌쩍이고, 목이 쉬었으며, 때때로 기침을 하
고 있는 점은 변함없었다.

"하시마 이즈미에게, 효도 미치루에게…… 카스미가오카
우타하에게, 이겼어……!"

"그런 소리는 안 했어, 이 바보야."

하지만 그녀가 느끼고 있는 감정은, 제멋대로라는 생각이
들 만큼 기쁨으로 가득 차 있었다.

나한테 칭찬 들었다고 울 정도로 기뻐하지 말라고, 이 바
보야.

하지만 이건 거짓말이 아냐, 에리리.

네 그림, 정말 엄청나.

두근거렸어. 소름이 끼쳤다고.

하지만, 아니, 그렇기 때문에…….

『무슨 일이 있어도 팔아주고 싶다』는 것과는 정반대되는 감정이 샘솟았어.

※　※　※

이 집에 도착하고, 쓰러진 에리리를 침대에 옮기고, 이오리 일행을 배웅하고, 왕진 온 의사를 맞이한 후, 겨우 한숨 돌릴 수 있게 된 오전 두 시 즈음부터 에리리가 눈 뜰 때까지의 세 시간.

발버둥 칠 시간이 아직 있었는데. 게임을 완성시킬 수 있는 가능성이 있었는데…….

그런데 나는, 아무 것도 하지 않았다. 할 수 없었다.

방 안에 흩어져 있는 에리리의 밑그림을 쳐다보기만 했다.

PC 안에 남아있는 완성판 CG를 바라보기만 했다.

나에게 있어서는 3분도 되지 않는 듯한 세 시간 동안…….

나 자신도 알 수 없는 수많은 감정이 소용돌이치며, 내 제어에서 벗어나고 있었다.

그 중 하나는 틀림없는 감동.

상상을 아득히 뛰어넘는 엄청난 그림이, 에리리의 방에 놓여 있었다.

처음 이 방의 문이 열린 순간 받은 충격이, 아직도 잊히지 않는다.

계속 봉인되어 있던 보물 상자를 드디어 연 듯한 착각에 빠진 나는, 만약 이오리나 에나카 씨가 그 자리에 없었다면 감동의 함성을 내질렀을 것이다.

다른 하나는 아마도 감개.

그 그림에는 에리리가 태어난 후부터의 16년과 9개월이…….

작가가 되기로 결심한 후부터의 8년이 응축되어 있었다.

예전과는 비교도 안 될 만큼 자신을 궁지에 몰아넣고, 피를 토하면서.

그렇게까지 해서 에리리가 손에 넣은 것은 그 무엇과도 바꿀 수 없는 것이라는 사실을, 객관적으로도, 그리고 주관적으로도 알게 되었기에, 눈물이 멎지 않았다.

다른 하나는 역시 감사.

서클을 위해, 동료들을 위해, 우리의 목표를 위해…….

그리고 어쩌면 내 꿈을 위해, 사력을 다해 그림을 그려준 것이다.

제멋대로인 에리리가. 본성을 숨기고 사는 에리리가. 거짓말쟁이인 에리리가.

지금까지의 에리리와는 다른, 과거의 에리리가 반갑고 기뼈서 참을 수 없었다.

　다른 하나는, 역시 동경.

　우타하 선배, 미치루, 이즈미에게 느꼈던 감정을, 드디어
에리리에게서도 느끼게 되었다.

　이대로 있으면, 에리리는, 가버리고 만다.

　내가 동경해야만 할, 엄청난 크리에이터가 되고 만다.

　나를 두고 가버릴 것이다…….

　아니, 잠깐만……. 그만해, 나.

　더는, 말하지 마.

　더는, 본심을, 말하지 마…….

　어이, 어째서야?

　왜 내가 에리리의 그림 따위를 포교해야만 하는 건데?

　어째서, 내 졸개가 그린 그림을 엄청나다고 인정해야만
하는 거야?

　이 녀석, 실은 대단한 녀석이 아니라고.

　내 졸개에, 나 외에는 친구가 없고, 언제나 내 뒤를 따라
오기만 하던 겁쟁이야.

　병치레가 잦고, 제대로 할 줄 아는 게 별로 없는데다, 어

렸을 적에 그린 그림은 엉망진창이었다고.

나와 부모님의 영향으로 오타쿠가 되었을 뿐인, 주체성 없는 녀석이야.

그러니까, 나만큼은 이 녀석을 인정해서는 안 되었다.

나에게 있어서의 넘버 원 크리에이터 자리는 사와무라 스펜서 에리리에게만은 줘선 안 된다.

정말, 정말, 수많은 감정이 소용돌이치고 있었다.

하나는 열등감.

하나는 소외감.

그리고 하나는, 고독.

『너는 실력이 없어!』

『내가 아는 것은 네가 실력이 없다는 것뿐이야. 엄청나지 않다는 것뿐이라고!』

여름, 불꽃놀이 대회 날 밤에, 에리리에게 한 말은.

질타도, 격려도 아닌, 단순한 소망이었다.

전부, 거짓말이었던 것이다.

그것도 그럴 것이, 내가 좋아했던 것은 에리리의 그림도, 재능도 아니었다.

그래서 나는, 그렇게 격렬하게 에리리의 성장을 부추겼던 나는.

마음속 깊은 곳에서는, 그것을 바라고 있지 않았다…….

※　※　※

"뭐랄까, 전개가 흐트러지는 느낌이라 미묘하네. 코미디인지 시리어스인지 모르겠어……."

"뭐, 이게 이 감독의 스타일이야. 작품에 제대로 빠지면 완전 변해버리는데 말이야."

밖은 어느새 밝아져 있었다.

에리리의 말에 따르면 지난 주말은 비와 눈이 번갈아 왔기 때문에, 거의 사흘 만에 찾아온 맑은 날씨라고 한다.

그런 평일 월요일 점심시간에 우리는 나스 고원에 있는 별장에서 애니메이션을 감상하고 있었다.

"그런데 다음에는 뭐볼까? 지난 주 방송분은 거의 다 봤잖아."

"……저기, 오랜만에 『그 눈』^{그 눈의 프리즘} 보지 않을래?"

"나, 처음부터 끝까지 세 번은 봤는데…… 뭐, 몇 번 봐도 눈물 날 만큼 재미있기는 하지만 말이야."

"나, 실은 아직 7화까지만 봤어. 지금 안 보면 평생 최종

화를 보지 않을 것 같아."

"에로 동인지를 두 권이나 냈으면서 끝까지 안 본 거냐……."

"그게 말이야. 이미 제철을 지나버렸잖아? 그래서 그런지 이번 분기의 작품을 우선하게 되어 버리더라구."

"하아, 작품의 인기에 편승하기만 하는 동인 작가는 정말……."

해뜨기 전…… 에리리는 한동안 울면서 웃어댄 후, 갑자기 조용해졌다.

그 후, 약을 먹은 그녀는 이불을 덮고 바로 잠들어버렸다.

그대로 다섯 시간 가량 잠을 잔 후, 느긋하게 일어난 그녀는 느릿느릿 텔레비전 전원을 켰다.

그때부터 우리는 겨울 코믹마켓에 대해서는 한 마디도 하지 않게 됐다.

"그런데 말이야."

"응?"

"지금, 몇 시야?"

"1시, 15분."

"……그렇구나."

……드디어, 이오리가 마련해준 타임 리미트까지도 지나버린, 완전 아웃 시간이 되어 있었다.

※ ※ ※

그리고 오후 여섯 시……

결국 월요일 낮은 애니메이션을 스무 편이나 보면서 보냈다.

정말 이렇게 나태하게 평일을 보내는 건 대체 얼마만이지.

"토모야, 너 요리 해본 적 있어?"

"너보다는 요리할 기회가 많았을 거라고 단언할 수 있어……. 그러니까 방에 돌아가서 쉬고 있어."

에리리의 체온은 38도 이상 되지만, 그래도 겨우 "배고파."라는 말을 할 수 있을 만큼 회복된 것 같았다.

그래서 나는 이렇게 저녁을 만들기 위해 주방으로 이동했지만…… 괜한 혹이 붙었다.

"그래도 네가 어떤 살인 요리를 만들지 신경 쓰인단 말이야."

"평소의 에리리라면 몰라도, 환자한테 그딴 걸 먹일 수는 없잖아."

"먹을 거라면 내가 사둔 게 아직 잔뜩 있지 않아?"

"좀 전에 봤는데 전부 컵라면이랑 돼지 뼈 라면뿐이었다고!"

자기는 닭껍질이면서…… 같은 생각을 하더라도 결코 입 밖으로 말해서는 안 된다.

그런고로 닭껍질 치킨본(chicken bone) 에리리는 감기에 걸렸으면서도 내 등 뒤에 서서 내 손을 쳐다보고 있었다.

내가 아무리 "부엌은 추워."라고 말해도, "자, 이제 안 추워."라고 말하면서 잠옷 위에 운동복을 입더니, 그 위에 솜이 든 잠옷까지 걸쳤다. 그리고 내 곁을…… 아니, 이 자리를 떠나려고 하지 않았다.

"그런데, 뭘 만들 거야?"

"죽. 어려운 걸 만들려다 실패하는 것보다야 낫잖아."

어제 이오리가 사온 물건들 중에 진공 포장된 밥이 가득 들어있는 것을 보고는, 그 녀석의 철저하기 그지없는 준비성 때문에 살짝 질리고 말았다.

"하지만 채소가 없는데?"

"인스턴트 수프가 있으니까 그걸로 때울 거야."

"아, 그럼 파스타 소스를 넣는 건 어때? 자, 저기 나폴리탄 소스가 있어!"

"……하다못해 봉골레 같은 걸 먹어."

전부터 생각했던 거지만, 이 녀석의 식성은 남자에 가깝다니깐…….

※　※　※

"휴우…… 이제 됐어."

"뭐야. 벌써 잘 먹었습니다, 야?"

부엌에서 30분 넘게 격투를 벌인 끝에 완성한 내 피와 땀과 눈물의 결정(실제 주성분 : 쌀, 콩소메 채소 수프)을 에리리는 겨우 세 숟가락 정도 먹고 말았다.

그릇을 보니 그 안에는 죽이 아직 반 정도, 아니, 8할 정도 남아 있었다.

"『잘 먹었습니다, 야?』는 무슨…… 애 취급하는 거야?"

"그야 남이 성의를 다해 만든 음식을 남기는 녀석은 애잖아."

"하지만 맛없단 말이야."

역시 몸 상태가 좋지 않은 탓에 입맛도 없는 듯한 에리리는 아무리 맛있는 음식일지라도 잘 넘어가지 않을 것이다.

그렇다. 아무리 맛있는 음식이라도, 다. 내가 만든 요리 자체의 완성도는 관계없다. 틀림없다.

"영양 섭취를 해야 낫는다고. 그러니까 먹어."

"무리야."

"그래도 먹어."

"싫어."

"그러니까 닭껍질…… 아니, 됐어."

기름진 걸 좋아하면서도 입이 정말 짧다니깐……. 게다가 은둔형 외톨이라서 운동도 전혀 안 하잖아. 이 녀석, 나중에 성인병으로 정말 고생할 거야.

잠깐, 지금의 나는 농담이 아니라 진짜로 저 녀석 아빠

같잖아.

에리리와 병이라는, 어릴 적부터 익숙했던 키워드가 악마 합체를 한 탓에 지금까지 잠들어 있었던 8년보다 더 전의 내가 현재의 나를 밀쳐내고 의식을 지배한 것 같은 묘한 감각이 나를 괴롭히고 있다고나 할까, 내 마음을 가득 채우고 있다고나 할까……

"그렇게 나한테 이걸 먹이고 싶은 거야?"

"너를 생각해서 하는 말이야."

"……그, 그렇다면, 조건여하에 따라 먹어줄 수도 있어."

그런 나에게 물들었는지, 침대에 앉은 에리리가 마치 딸 같은 태도로 나를 올려다보면서 말했다.

"그 조건이 뭔데?"

"그, 그러니까……."

"에리리?"

"으음, 그러니까……."

태도만이 아니라, 말투도 딸 같았다.

"네, 네, 네…… 네가 먹여준다면, 저기, 먹어줄 수도……."

"좋아. 아~."

"……."

에리리가 그 조건을 끝까지 밝히기도 전에, 나는 그녀에게서 죽이 든 그릇과 숟가락을 빼앗았다. 그리고 죽을 퍼서 그녀를 향해 내밀었다.

"왜 그래? 바라는 대로 해주잖아. 안 먹을 거야?"

"뭐, 뭐⋯⋯."

내가 그 조건을 즉시 받아들이자, 말을 꺼낸 이가 당황하고 말았다.

자신의 눈앞에 있는 숟가락과 나를 번갈아 바라본 후, 무릎 위에 놓인 양손을 부들부들 떨면서 얼굴을 새빨갛게 붉히더니⋯⋯.

"너, 너, 열이라도 있는 거 아냐?!"

"열이 있는 건 내가 아니라 너잖아."

"그, 그, 그런 말도 안 되는 농담을 진담으로 받아들이고⋯⋯ 아, 아~ 같은 소리나 하다니, 무슨 생각 하는 거야?! 바보 아냐?!"

그런 건 아무래도 상관없지만, 당황했을 때의 태도와 말투와 대사가 전형적인 츤데레 느낌이 되는 것 좀 어떻게 해, 에리리.

"농담이든 진담이든, 네가 죽을 먹기만 한다면 나는 뭐든 하겠어."

"뭐⋯⋯."

그리고 에리리가 당황하면 할수록, 나는 반드시 마음이 진정되었다.

그것도 그럴 것이, 지금은 부끄러워할 때가 아니다. 투덜댈 때가 아니다.

지금, 에리리를 지킬 사람은 나뿐이니까.

"나중에 바보 취급해도 돼. 놀리고 싶으면 얼마든지 놀려. 그러니까 지금은 이걸 먹어."

"왜, 그렇게 진지한 거야……."

"자, 아~."

"……토, 토모야……."

"아~."

아무리 화내도, 부정해도, 사태가 변하지 않자, 에리리는 점점 당황하면서 부끄러워하기 시작하더니, 우물쭈물거렸다…….

그리고 천천히 숨을 내뱉으면서 각오를 다지더니…….

"……윽."

내가 내민 숟가락을 입에 넣었다.

나를 향해 얼굴을 한껏 내밀면서.

어린애처럼 한심한 꼴로 말이다.

"……맛있어?"

"맛없다고 몇 번이나 말했잖아."

"그랬지. 자."

"냠."

역시 맛에 있어서는 부정적인 의견을 굽히지 않았지만, 그래도 그녀는 내가 퍼주는 죽을 또 먹었다.

타이밍을 읽은 나는 그녀의 입가를 향해 숟가락을 내밀었다.

"맛없어도 참아."

"응. 또 줘."

"……그리고 너무 급하게 먹지 마. 꼭꼭 씹어 먹어."

입안의 죽을 제대로 씹지도 않고 삼킨 듯한 에리리는 먹이를 달라고 조르는 새끼 새처럼 내 숟가락을 기다렸다.

"으음…… 읍?! 콜록, 콜록."

"그러니까 급하게 먹지 말라고 했잖아……."

그리고 몇 분 후, 에리리는 죽을 다 먹었다.

……자신의 몫뿐만 아니라, 내 몫까지 전부 말이다.

※　※　※

화요일, 오전 아홉 시.

내가 나스 고원에 와서 두 번째 맞이한 밤의 장막이 걷혔다.

"토모야~. 아침밥 다 됐어~."

"……필요 없어."

어제 또 왕진 온 의사는 우리에게 좋은 보고와 나쁜 보고를 해줬다.

좋은 보고는 에리리가 실은 인플루엔자가 아니라 단순한 감기에 걸렸다는 것이다.

몸 상태도 꽤 좋아졌고 열도 내렸으니 2, 3일 안에 거의 완치될 것이라고 의사는 말했다.

"뭐~. 환자니까 잔말 말고 먹으라고 말했던 건 어디 사는 누구였더라?"

"나 지금 진짜로 식욕 없으니까 좀 봐줘."

그리고 나쁜 쪽은 누군가 씨가 그 『단순한 감기』를 나에게 옮긴 탓에, 나는 그 누군가 씨보다 훨씬 몸 상태가 나빠졌다는 점이다.

인플루엔자에 걸린 걸지도 모르는 환자와 하루 종일 한 방에 같이 있는 것은 자살행위라면서 의사에게 꾸짖음까지 들었다······.

"나도 어제는 식욕이 없었어. 그러니까 토모야만 도망치는 건 허락할 수 없어."

"그래도 그렇지 아침부터 라면을 어떻게 먹어?! 분명 토할 거라고!"

"자아~. 후후 불어서 식혀줄게, 토모야~. 아하하하하."

그런 고로, 하룻밤 자고 조금은 기운을 되찾은 에리리는 완전히 쓰러져 버린 내 옆에서 촐싹거리고 있었다.

체온계로 잰 내 체온이 38도 이상이라는 것을 알고 설교를 잔뜩 늘어놓더니, 일어나려고 하는 나를 말리며 자기가 아침을 준비하겠다고 말했다. 그리고 힘차게······ 물을 끓이더니 컵라면 뚜껑을 뜯었다.

······뭐, 요리를 하려다 대참사를 일으키는 것보다는 나을지도 모르지만, 그래도 좀 자기 주제를 너무 아는 거 아닌

가 싶었다.

"아～ 맛있어～. 잔뜩 들어간 염분이 자아내는 이 짠맛이 위에 스며들어～."

"너야말로 완전히 낫지도 않은 몸으로 그런 걸 잘도 먹는 구나."

"실은 여기에 온 후로 하루에 한 끼밖에 안 먹었거든. 그래서 몸 상태가 좀 좋아지니 배가 엄청 고파."

"그러니까 쓰러진 거야. 이 바보야."

에리리는 내 불평을 들은 척도 하지 않으면서 후루룩 소리를 내며 라면을 먹었다.

"이 적당히 단단하고 얇은 면발의 목 넘김은 최고야! 이 시리즈 엄청 좋아하는데 도쿄에서는 팔지 않더라구. 그래서 이 근처에 와서 눈에 띄기만 하면 사재기를 했어."

"……저기, 우동이나 메밀국수 같은 건 없어?"

식욕 없는 사람 앞에서 그렇게 맛있게 먹어대다니, 너무 하잖아. 젠장.

"이거 다 먹고 나서 냄비 볶음 우동 만들어줄게. 볶기만 하면 되는 녀석 말이야."

"하다못해 달걀이라도……."

"알았으니까 만들어올 때까지 자고 있어. 다 되면 깨워줄게."

"그래……."

다시 누운 나는 에리리가 국물을 마시는 소리를 자장가 삼으며 눈을 감았다.

동쪽 하늘에서 쏟아지는 햇빛이 창문과 눈꺼풀을 통과한 후, 나에게 쏟아졌다.

이런 전형적인 아침햇살을 맞는 것이 대체 얼마만일까.

평일 아침, 이부자리에서 일어나지 않아도 되는 쾌감. 이것이 감기에 걸렸을 때의 묘미다.

하지만 이런 최악의 몸 상태로 방에 홀로 누워있다면, 이렇게 느긋한 마음이 들지 않을 것이다.

이런 기분을 즐길 수 있는 것은, 곁에서 누군가가 나를 지켜보고 있다는 안도감이 존재하기 때문이다.

도움이 되든, 되지 않든, '있어만 줘도 좋아.' 싶은 녀석이 옆에 있다는 그런 평범한 사실이 존재하기 때문이다.

초등학생 때. 지금의 우리와는 천지가 정반대였던 날.

그때의 에리리도 지금의 나와 같은 마음이었을까…….

내가 다시 눈을 떴을 때, 우동은 완전히 퍼진 채 식을 대로 식어 있었다.

하지만 에리리는 잠이나 자댄 나에게 화를 내기는커녕, 퍼질 대로 퍼진 우동을 다시 데웠다.

그 우동은 당연히 맛이 없었지만, 그래도 나는 그것을 다

먹었다.

※　※　※

"저기, 선물은 뭘로 할까? 토모야가 골라 봐."

"그런 건 네가 고르면 되잖아."

"안 돼. 네가 골라줘야만 의미가 있단 말이야."

그리고 그 후로 며칠이 더 지났다.

에리리의 열도 완전히 내려갔고, 그에 따라 나도 건강을 되찾아갔다. 그런 식으로 우리는 누가 먼저 다 낫는지 경쟁했다.

"왜냐하면…… 모처럼의, 크리스마스 선물이잖아."

그렇다. 그리고 오늘은 12월 중에서도 가장 기념비적인 날이다.

마을 곳곳에서 들려오는 흥겨운 음악.

번화가 한가운데에 설치된, 조명이 달린 거대한 트리.

그리고 크리스마스를 맞이한 상점가를 돌아다니는 커플들.

……그 중 한 커플은 수상쩍은 노점에서 액세서리를 고르느라 고생하고 있었다.

"그, 그럼…… 나는 이 빨간색 브로치로 하겠어!"

"에이~. 바로 밑에 반지가 있는데 그걸 고르는 거야? 정말 주변머리 없는 겁쟁이라니깐."

"네가 하도 성화라서 고민 끝에 고른 사람을 그렇게 매도해야 되겠냐?!"

"그치만~ 이렇게 호감도 올려놓고 그런 무난한 선택지를 고르는 사람이 어디있냐구."

"어, 뭐야? 진짜로 내가 선택 미스를 한 거야?"

"브로치는 호감도만 1 올라가고 이벤트 CG도 안 나와. 차라리 코 피어스를 골라서 리액션을 즐기는 편이 나아……. 공략은 포기해야겠지만 말이야."

"으음~ 그건 그렇고 세르비스는 생각했던 것보다 느끼한 녀석이네."

"……세르비스를 디스하면 설령 토모야라도 절대 용서하지 않을 거야."

"너, 지금 눈빛이 진짜 진지하거든?! 그런 눈으로 쳐다보지 말라고!"

그렇다. 어느 액세서리를 고를지 고민하고 있는 이는 주인공인 에리(명칭 변경 가능), 그리고 그녀의 소꿉친구인 세르비스 커플이다.

『리틀러브·랩소디』, 3년차 크리스마스 이벤트는 이렇게 내 선택 미스 탓에 재미없게 끝나고 말았다.

"하지만 세르비스는 여름의 불꽃놀이 이벤트가 클라이맥스라서 그런지, 겨울 이벤트에는 확 와 닿지 않네."

"무슨 소리 하는 거야? 무슨 소리 하는 거냐구, 토모야!

이건 유저가 망상하기 쉽도록 일부러 인상에 남지 않는 이벤트로 만든 거라구! 동인으로 보완해서 처리하란 거란 말이야!"

"그러니까 너는 세르비스와 관련된 일이면 캐릭터가 변해버려서 무섭다고……."

볼 만한 애니메이션이 다 떨어져서 심심해진 에리리는 풍부한 재력을 구사해서 아마ㅇ프ㅇ임에서 세 대째 PO3을 구입했다.

그리고 같이 최신 게임이라도 구입했나 했더니, 인터넷을 연결해 게임 아ㅇ이브로 고전 게임을 하나 다운했다.

그것은 바로 『리틀러브·랩소디』…….

우리에게 있어 시작이자 끝, 그리고 절교의 계기.

과거, 에리리가 처음으로 나에게 선물해준 여성향 게임.

"그건 그렇고, 우리는 결국 전에 함께 왔을 때랑 달라진 게 없네."

"그래."

"하루 종일 집밖으로 나가지도 않고, 애니메이션 보고, 게임이나 하고……."

"감기에 걸렸으니까 어쩔 수 없잖아. 그때도, 그리고 이번에도 말이야."

내 옆에 앉아 화면을 뚫어져라 쳐다보던 에리리가 웃음을 터뜨렸다.

일전에 함께 왔을 때와 변함없는, 순진무구한 에리리인 채로 말이다.

"하지만, 이제 우리 둘 다 다 나았어."

"응."

아니, 다르다.

우리는 그 시절의 우리처럼 순진무구할 수 없다.

"……내일은, 돌아가자."

"……응."

지금의 우리에게는, 언제까지나 끝나지 않는 여름방학도, 영원히 반복되는 겨울방학도 없다.

슬슬, 현실로 돌아가야 할 시간이다.

"나, 돌아가면 모두에게 사과할 거야."

"……그래."

그래서 에리리는 오늘, 우리에게 있어 마지막 휴일에, 이 『리틀러브·랩소디』를 플레이하기로 한 것이라고 생각한다.

이 타이틀을 고른 것에는, 분명, 커다란 의미가 있다고, 생각한다.

"메구미에게, 효도 양에게, 그리고…… 카스미가오카 우타하에게도, 사과할 거야."

"나도 같이 사과할게. 그러니까 너무 신경 쓰지 마."

"아니, 나 혼자 사과할래."

"에리리……."

실은 내 탓이기도 한데. 내 탓인데.

나에게, 그 어떤 트러블도 돈과 정치력으로 해결할 수 있는 주변머리가 있었다면.

나에게, 힘 있는 누군가에게 기댈 수 있을 정도로 머릿속이 유연했다면.

나에게, 질투심이나 독점욕을 가지지 않을 만큼, 강한 마음이 있었다면…….

"그렇지만, 태어나서 처음으로 마감을 지키지 못한 건…… 퀼리티를 추구한 나머지, 모두의 목표를 산산조각내고 만 건…….

하지만 에리리는 그런 내 후회는 안중에 없다는 듯이, 편안한 표정으로, 화면에서 눈을 떼지 않은 채, 말했다.

"내 죄이자, 내 책임이자…… 그리고, 내 긍지야."

그 말은 화면 안에 있는 왕녀 에리가 말한 것처럼, 화면 밖에 있는 나에게 전해졌다.

"……이런 식으로 말하면 다들 질려버릴지도 모르지만 말이야."

실은, 내가 에리리의 뺨을 때리고, 그리고 내가 모두에게 뺨을 맞아야만 하는데.

하지만, 화면 안에 있는 에리리는 내 개입을 허락하지 않았다.

……그저, 나를 마음의 버팀목으로 삼을 뿐이다.

"미안해, 토모야."

에리리가 콘트롤러를 쥔 내 손과 자신을 손을 포갰다.

내 어깨에 자신의 머리를 살며시 얹는 것과 동시에 말이다.

"미안해……"

그 사과가, 무엇을, 언제까지를 가리키고 있는지, 나는 알지 못했다.

그리고 아마 에리리도 답을 밝히지 않을 것이다.

그래서 나도 나 자신의 말로 답하지 않았다.

그저 컨트롤러의 버튼을 눌러, 세르비스의 마지막 대사를 촉구했다.

『메리 크리스마스, 에리.』
『메리 크리스마스, 세르비스.』

그런, 크리스마스 이벤트의 종료와 함께…….

게임 속의, 그리고 현실의 성스러운 날에, 우리는, 8년 만에 화해했다.

제7장

어, 어라? 이 장이 클라이맥스 아니었어······?

12월 31일.

그것은 12월 중에서는, 크리스마스 다음으로 중요한 날인 섣달 그믐날이다.

대청소를 하고, 새해맞이 메밀국수를 먹고, 섣달그믐날의 전통 인기 방송인 홍백가합전을 보고, 제야의 종소리를 들으면서 참배를 하기 위해 밤에 집을 나서는, 1년 중에서도 꽤 특별한 날이다.

하지만 이곳에 모인 많은 오타쿠들에게 있어 오늘은 청소를 하는 날도 아니고, 역 앞 체인점 메밀국수를 먹을 시간밖에 없으며, 홍백가합전 또한 미즈O 나나를 비롯한 몇몇 특정 인물이 나올 때 외에는 관심이 없고, 낮에 너무 지쳐서 밤에 참배하러 갈 여력이 없을 만큼, 상당히 특별한 날이다.

그렇다. 이곳은 오늘, 국내에서 가장 많은 사람들이 모이는 장소.

도쿄도 고토구 아리아케 3—11—1, 도쿄 빅사이트.

겨울의 코믹마켓, 최종일인 3일차가 시작되려 하고 있었다.

"자아, 준비 완료."

"어, 벌써 끝난 거야?"

그런 코믹마켓 행사장의 구석……이라기에는 약간 중심부에 가까운 장소.

동관의 벽 근처에 위치한 장소에, 우리는 모여 있었다.

"응. 이걸로 전부야. 수고했어, 효도 양."

"아니, 나는 딱히 돕지도 않았는데…… 전부 카토와 토모가 다했잖아."

나와, 카토와, 미치루와, 종이 상자 두 개와, 바퀴 달린 가방과, 그 안에 든 내용물이, 지금 우리 부스에 있는 모든 것이었다.

그렇다. 방금 전에도 말했다시피, 오늘은 겨울 코믹마켓 3일차.

우리 『blessing software』의 진정한 승부처.

봄부터 시작된, 우리 꿈의 총결산"이 이루어질 예정이었던" 날이다.

"아하~ 이게 다구나. 왠지 우리 쪽은 다른 곳에 비해 꽤나 허전하네."

"윽……."

"그거야, 준비한 수량이 백 장 밖에 안 되고, 인쇄도 되어 있지 않은 자작 복사 미디어인데다, 투명한 케이스에, 매뉴얼도 흑백 용지 한 장이잖아."

"으으윽……."

그런 중대한 날의 시작을 예감"하게 하지 않는" 미치루의 무의식적인 쓴 소리와, 카토의 내추럴한 쓴 소리가, 내 위를 쉴 새 없이 찔러댔다.

그 크리스마스로부터 일주일이 흘렀다.

우리 『blessing software』의 신작 게임 『cherry blessing ~돌고 도는 은혜의 이야기~』는, 경사스럽게도 완성되어, 오늘 이 자리에서 분포되게 되었다.

……사실만 간략하게 정리하자면 경사스럽게 들리지만, 이 상황에서는 당초에 예정했던 상황에서 크게 궤도 수정을 하게 된 것에 의한, 결코 적지 않은 영향이 엿보이고 있었다.

당초, 업자에게 납입해서 제작할 수량은 1,000장을 가볍게 넘을 정도였다.

당연히 그 정도 숫자를 준비하는 이상, 광고 활동도 허술해서는 안 된다. 그래서 『egoistic-lily』의 카시와기 에리가 그린 아름다운 일러스트로 된 소개 페이지와, 정체불명의 대형 신인 시나리오 라이터(교과서 읽는 듯한 말투) TAKI UTAKO가 쓴 섬세하면서도 대담한 시나리오를 접할 수 있는 체험판 공개 등이 착착 준비되고 있었다.

하지만 결국 오늘까지 준비할 수 있었던 수량은 백 장 정도밖에 안 되기에, 그런 화려한 광고 활동은 오히려 일반 참가자와 주위 서클에 혼란을 야기할 것이라는 판단이 섰다. 그래서 준비해둔 Web 소재는 전부 봉인하고, 사이트에 간단한 게임 소개만 실었다.

그래서 우리는 현재 거의 『신간 펑크났습니다!』라는 공지를 올리고 도망친 서클 같은 처지였다.

"미안해, 카토⋯⋯. 네가 그렇게 최선을 다해줬는데⋯⋯."

"차암, 이미 끝난 일을 가지고 같은 이야기를 몇 번이나 하는 거야. 그 일에 대해서는 아키 군이 몇 번이나 사과했잖아."

"카토⋯⋯."

"뭐, 이렇게 된 건 어쩔 수 없지만, 그래도 이렇게 주목을 받아놓고 수량이 이것 밖에 안 되니, 판매원으로서 생명의 위기를 느끼고 있어."

"전혀 끝난 일이라고 생각하지 않는 것 같은데요?! 응어리가 아직 사라지지 않은 것 같은 느낌이 드는데요?!"

⋯⋯그렇다. 실은 내 후퇴전은 아주 약간 실패했다.

서클컷 그림과 지금까지 공개해온 Web 정보로부터 『이

거, 카시와기 에리 아냐?』라는 소문이 인터넷 상에서 꽤 돌았던 것이다. 그래서 지금도 수량이 적은 우리 부스를 둘러보러 오는 사람(준비회 스태프 포함)은 결코 적지 않았다.

그 탓에 우리가 준비한 수량을 상회하는 사람들이 우리 부스 앞을 지나갔고, 적은 수량을 보고 경악하더니 허둥지둥 이곳저곳에 전화하는 모습을 몇 번이나 봤다.

그래서 이 서클은『팔 물건은 없으면서 주목만 잔뜩 받는다』고 하는, 판매원이 바늘방석에 앉은 듯한 상황에 처하게 만들 수도 있는 위험성을 지니고 있었다.

그것보다, 이『50장 예약』이라는 메모는 누가 두고 간 거야……?

"지금은 딱히 그런 생각으로 한 말이 아닌데 말이야."

"그래……?"

"하지만 아키 군이 그렇게 느꼈다면 아마 이것 때문 아닐까?"

"머리카락……?"

카토는 자신의 긴 흑발을 손가락으로 매만졌다.

"지금의 나는 장발이라서 그런지 집념이 강해보인다고나 할까, 앙심을 품은 캐릭터 같은 이미지가 붙는 것 같다고나 할까……."

"그 말은 누구에게 빗대서 한 거야? 카토 양."

"우, 우타하 선배……."

익숙하지 않은 손놀림으로 자신의 흑발 롱헤어를 매만지는 카토의 옆에서, 본가 흑발 롱헤어(유사품에 주의해주십시오)인 사람이 짜증날 정도로 자연스럽게 머리카락을 쓸어 올렸다.

"어디 갔던 거예요, 카스미가오카 선배. 이미 준비 끝났다고요."

"그래. 우리에게 전부 떠맡기고 자기는 놀러 다니다니, 너무 무책임하잖아~."

하지만 요즘 들어 그 정도 공격에는 꿈쩍도 하지 않는 카토와 상대의 말 속에 숨겨진 속내 같은 것은 이해하지 못하는 미치루는 우타하 선배의 음험한 딴죽에 반응하지 않았다.

"아는 사람과 마주쳐서 인사를 나눴을 뿐이야."

물론 우타하 선배도 이 정도 반격에 흔들릴 리가 없었다. 그녀는 들고 있던 명함을 집어넣은 후, 우리 부스에 들어와 접이식 파이프 의자를 펼치고 앉더니 책을 읽기 시작했다.

"그런데 폐관까지 몇 시간 남았어? 뒤풀이하기로 한 가게에는 몇 시부터 입장 가능해?"

"아직 이벤트가 시작되지도 않았는데 그런 것만 신경 쓰면 곤란해요."

뭐, 선배는 평소와 마찬가지로 무관심한 듯한 태도를 취하고 있지만, 그래도 그녀가 이 날에 마음을 쏟고 있다는 것은 충분히 알 수 있었다.

그것도 그럴 것이 처음인 것이다.

선배가, 동인지 즉매회에 얼굴을 비춘 것이 말이다.

아니, 이렇게 많은 사람들이 모이는 장소에 자기 발로 직접 온 것 자체가 말이다.

물론 우타하 선배만 그런 것은 아니다.

카토도, 미치루도, 판매할 물건조차 충분히 준비하지 못한 내…… 서클을 위해, 이렇게 모여 줬다.

이 며칠 동안, 우리 서클에는 그렇게 많은 트러블이 벌어졌는데.

언제 붕괴해도 이상하지 않을 만큼 엄청난 짓을 저지르고 말았는데.

"그런데, 체형과 인간성이 얇아 비틀어져서 찾기 힘든 사람의 모습이 보이지 않네. 그녀는 평소와 마찬가지로 결석한 거야?"

"아~ 에리리는, 그러니까……."

그리고 그 트러블의 원흉 중 한 명인 그 녀석은.

자기 서클의 부스에도 간 적이 없는, 우타하 선배보다 더 은둔형 외톨이에, 스텔스 크리에이터인 그 녀석은…….

"역시 체형과 태도가 큼지막하니 존재감이 장난 아니네, 카스미가오카 우타하."

"……등록증과 견본품을 제출하러 준비회에 갔는데 아직

돌아오지 않았어요."

　겨우 100미터도 안 되는 거리를 왕복하는데 30분 넘게 걸렸으면서, 절묘한 딴죽 타이밍에 나타났다.

　"저기, 토모야. 견본품 스티커가 뭐야? 그걸 붙이지 않으면 받아주지 않는대."

　"……너, 그렇게 이벤트에 참가해놓고 그것도 몰랐던 거야?"

　"그치만~ 내가 직접 이런 걸 하는 건 처음이란 말이야."

　가지고 갔던 견본 DVD를 결국 가지고 돌아온 에리리는 남은 파이프 의자를 펼치더니 거기에 앉아 더는 움직일 생각이 없다는 듯이 휴식을 취하기 시작했다.

　"사와무라 양은 여전히 쓸모가 없네."

　"카스미가오카 우타하에게만은 그런 말 듣고 싶지 않아."

　양쪽 다 내 말을 대변하고 있다는 점은 제쳐두고, 두 사람은, 아니, 우리 모두는 이 빅사이트의 특별한 분위기 속에서도 평소와 다름없는, 내 방에 있는 것처럼 행동하고 있었다.

　하지만 이 분위기를 되찾은 것은…….

　붕괴해도 이상하지 않은 서클을 이렇게 원래 분위기로 되돌린 것은, 한 금발 트윈 테일이 높디높은 자존심을 버리면서 벌인, 1대1 석고대죄 외교 덕분인 듯 했다.

그렇다. 이것은 에리리가 사흘이나 걸려 되찾은 것이다……

※　※　※

"정말 미안해!"

"……."

"네 시나리오를 완전한 형태로 이 세상에 내놓지 못하게 해서, 정말 미안해."

"……사와무라 양."

"많은 사람들에게 전해주지 못하게 해서 미안. 카스미 우타코의 경력에 흠집을 내서, 정말 미안해."

"겨우 이 정도 일로 상처 날 만큼 카스미 우타코라는 브랜드는 약하지 않아."

"하지만……."

"게다가, 이번에 펜네임은 『TAKI UTAKO』잖아. 나와 윤리 군의 러브러브 합체 펜네임이야."

"……큭."

"아, 방금 이 갈았지?"

"그, 그런 적 없어……."

"그리고 제대로 완성하기는 했잖아. 당신의 그림, 전부 완성했잖아."

"하지만……."

"솔직히 말해, 조금 분해."

"뭐? 왜?"

"당신의 그림이 내 예상을 아득히 뛰어넘을 정도의 퀄리티라는 점 때문이야."

"아……."

"뭐, 윤리 군의 시나리오에 쓰인 그림만 그 정도 퀄리티인건 좀 그렇지만 말이야."

"윽, 으, 으음, 그건……."

"딱히 당신을 탓하는 건 아냐. 그저 당신이 예상 이상으로 솔직하게 어필해줘서, 조금 웃겼을 뿐이야."

"……네 시나리오도, 재미있었어."

"그래?"

"역시 『사랑에 빠진 메트로놈』의 작가답다는 생각이 들만큼 좋은 작품이라 기뻤고…… 그런 작품에 내 그림이 쓰였다는 게 조금 불가사의한 느낌이었어."

"그럼 이 이야기는 그만하지 않겠어? 서로가 노력해서 좋은 작품을 완성했어. 그걸로 충분하잖아?"

"하지만 나는 마감을 지키지 못했어. 너는 기한 안에 끝냈는데, 나는……."

"윤리 군이 그것에 납득했다면, 나는 아무 말도 하지 않을 거야."

"카스미가오카…… 우타하."

"그저, '그때와는 말이 다르잖아. 이 거짓말쟁이야.'라는 안타까운 마음을 가슴에 품고 앞으로도 살아갈 뿐이야."

"그건 내 탓이 아니라 단순한 원한…… 아니, 아무 것도 아냐."

"뭐, 그러니까…… 이제 진짜로 이 이야기는 그만하지 않겠어? 사와무라 양."

"고, 고마워. 으음, 저기, 뭐랄까……."

"왜 그래?"

"고마워, 카스미 우타코…… 선생님."

"……."

"이렇게 됐으니 솔직하게 말할게. 나, 처음으로 『사랑에 빠진 메트로놈』을 읽었을 때 말이야."

"아, 잠깐만 기다려줘. …………자, 계속해."

"……그 녹음기는 뭐야?"

"신경 쓰지 말고, 하던 말이나 계속해."

"왜 스마트폰 카메라를 나를 향해 들고 있는 거야?"

"아무것도 아니니까 신경 쓰지 마. 자아, 조금 전의 멋쩍은 미소는 어디 갔어? 나한테 할 말이 있는 거지? 아, 그리고 사인은 한 사람당 한 번, 구입한 책에 한해서만 해주니 양해—."

"으~~~ 기어오르지 마, 카스미가오카 우타하!"

※　※　※

"으음, 효도 미치루……가 아니라, 효도 양. 저기, 나……."

"딱히 나한테 사과할 필요는 없는데 말이야."

"하지만 너한테 있어서 이 게임은 작곡가로서의 데뷔작인데……."

"겨우 게임, 그것도 아마추어의 작품이잖아?"

"동인 쪽에서든 상업 쪽에서든, 처음으로 세상에 내놓은 작품은 평생의 보물이 돼. ……단순한 체험담이지만 말이야."

"나는 딱히, 오타쿠 쪽에는 관심이……."

"미안해, 효도 양……."

"그리고 실은 마감 안에 끝냈잖아? 병으로 쓰러진 탓에 보내는 게 늦어졌다고 토모가 말했었어."

"그건 변명에 지나지 않아."

"게다가 이 서클의 대표는 토모잖아. 그럼 무슨 일이 일어났을 때 그에 대한 책임은 토모 혼자서 져야 하는 거 아냐?"

"그렇게 해서는 내 마음이 풀리지 않아."

"……그 말을 들으니 더 기분 나빠지네~."

"어, 어째서?"

"그렇잖아? 자신이 토모에게 가장 가까운 존재라고 주장하고 있는 것 같잖아."

"……딱히, 그러는 건……."

"그래. 토모는 딱히 네 것이 아냐. 그러니 이러는 건 좀 아닌 것 같다고나 할까~."

"그래도 나는 이번 일에 있어서는 사과할 수밖에 없어."

"그러니까~ 사과 받을 이유가 없다니까 그러네~."

"……하지만 그 외에 다른 일에 대해서는 단 하나도 사과할 생각이 없어."

"뭐, 뭐어? 그게 무슨 소리야?"

"그러니까…… 누가 가장 가깝니 머니 같은 어이없는 논쟁에는 흥미가 없다고나 할까, 1년에 한 번 만나는 사촌 따위가 그렇게 가까운 존재일 리가 없다고나 할까……."

"어이어이어이! 흥미가 없다는 것 치고는 제대로 논쟁 한 번 해보자는 느낌인데?!"

"어차피 사촌은 어디까지나 친척이잖아? 그걸 순정 소꿉친구와 비교하는 것 자체가 잘못된 거 아냐? 옛날부터 같이 살았다면 몰라도 말이야."

"무슨 소리 하는 거야! 그래서 자기가 더 유리하다는 거야? 어차피 소꿉친구는 보통 비참한 패배자 캐릭터잖아!"

"그게 자칭 소꿉친구인 사람이 할 말이야?! 그리고 넌 오타쿠 아니지 않았어?!"

"조금 공부했어! 너희 같은 오타쿠의 동료가 되기 위해서!"

"으음~ 으음~ 그저 토모야의 영향을 받은 것뿐인 거 아냐~?"

"잠깐만~ 에리링 너 사과할 마음이 있기는 한 거야?!"

"그 호칭은 NG! 에리리라고 불러!"

※ ※ ※

"……."

"……."

"메구미……."

"……감기."

"어?"

"이제, 다 나았어?"

"으, 응. 그래……. 깨끗하게 나았어."

"그렇구나. 다행이야."

"응."

"……."

"……."

"아~ 으음~."

"미안해, 메구미."

"……에리리에게 사과 받을 이유는 하나도 없어."

"메구미가, 이 서클을, 이 작품을, 얼마나 소중하게 생각하는지, 나는 알고 있어."

"……자신이 히로인의 모델인 작품에 감정이입하는 건 좀 꼴사납지?"

"자신을 위해서, 토모야를 위해서, 모두를 위해서 그랬다는 것도, 알고 있어."

"으음~ 그 세 개를 동시에 나열하는 건 여러모로 문제가 있다고 생각하는데……."

"모두를 하나로 이어줬어. 말뿐인 토모야보다도, 훨씬 서클을 생각해줬어."

"…………."

"……정말, 미안해."

"알았어. 사과를 받아들일게."

"응. 미안해."

"그런데 별장에서는 어떻게 지냈어?"

"딱히 아무 일도 없었어……. 애니메이션 보고, 게임하고, 남는 시간에는 계속 잠만 잤어."

"아, 으음~ 내가 그 부분을 신경 쓴다고 생각하는 거라면 좀 곤란해."

"그, 래?"

"응. 뭐…… 아키 군의 캐릭터 면에서도, 에리리의 성격
면에서도, 그리고, 내 심정 면에서도, 그 부분을 신경 쓸
요소는 없을 것 같아."

"……메구미는 말이야. 토모야를 어떻게 생각해?"

"어이쿠, 그렇게 나오신 건가요……"

"나는 말이야. 나는……"

"아~. 으음, 말해도 되고 안 해도 되지만, 나는 정확한
조언이나 의외의 반응은 무리야."

"……지금은 소중한 친구로 충분해. 아니, 소중한 친구이
고 싶다고 생각해."

"어, 그걸로 괜찮은 거야?"

"응. 왜냐하면…… 메구미도 나에게 있어서는 소중한 친
구거든."

"아니, 그건 양립할 수 있다고 생각하는데……"

"그러니까 지금은 모두와 즐겁게 지낼 수 있으면 돼."

"에리리……"

"적당히 모여서, 느긋하게 놀고, 열심히 게임을 만들면
서…… 그렇게 지내는 것도 괜찮지 않을까 하고 요즘 들어
생각하게 됐어."

"그렇구나."

"게다가 봄이 되면 카스미가오카 우타하도 없어지잖아. 그렇게 되면 이 서클 안에는 변변찮은 적이 없어."

"카스미가오카 선배, 도쿄에 있는 대학에 진학하기로 결정했다는데……."

"뭐, 그렇다고 해도, 지금은 더 바라는 것이 없어."

"……에리리, 조금 변한 것 같아."

"뭐, 이게 카시와기 에리의 새로운 경지라고나 할까?"

"……마지막에 나온 그림, 정말 최고였어."

"고마워. 나도 그렇게 생각해."

"카시와기 에리가 대히트할 것 같다는 느낌이 들어."

"꼭 히트할 거야. 내년 즈음에는 꼭 상업 쪽에 진출하겠어. 코믹 연재와, 잡지 표지, 그리고 소설 삽화…… 아, 그래도 카스미 우타코의 작품만은 사양할 거야."

"……으음, 우리 서클을 위한 시간도 조금은 확보해줄 거지?"

※　※　※

"……토모야 군?"

"여어, 이오리."

이런저런 일들을 떠올리는 사이, 개장 30분 전이 되었다. 슬슬 준비가 끝났을 즈음이라 생각하며 『rouge en rouge』에 가보니, 우리 멤버의 세 배 이상 되는 사람들이 우리의 수십 배는 되는 종이 상자를 쌓아둔 채, 우리보다 수백 배는 바쁘게 움직이고 있었다.

"네가 우리 부스에 와줄 줄이야……. 무슨 바람이 분 거지?"

"일전에 나한테 그렇게 잘해주고, 그런 악역틱한 느낌의 대사를 잘도 하는 구나. 이 사람 좋은 자식아."

"……미안하지만 볼일이 있으면 빨리 해주지 않겠어? 주위에 보는 눈이 많거든."

"뭐야. 혹시 나와 사이좋게 지내다 친구라는 소문이 나는 걸 부끄러워하는 타입?"

"……전통과 역사 있는 우리 서클에는 유감스럽게도 썩을 대로 썩어버린 베테랑 여성 작가도 꽤 많거든."

"……미안해. 이즈미 있어?"

이오리의 설득력 넘치는 말을 들은 나는 허둥지둥 본론에 들어갔다.

"안쪽에 있는데, 불러줄까?"

"응, 부탁해……. 이즈미와 인사를 나누고 싶어 하는 녀석이 있거든."

이오리가 이즈미를 부르러 가자, 나는 호주머니에서 핸드폰을 꺼냈다.

……이걸로 우리의 석고대죄 외교도 드디어 막바지다.

　　　　　　　　　※　※　※

"안녕, 이즈미 양. 한 달 만이지?"

"사, 사와무라 선배……?!"

이오리에게 불려서 부스에서 나온 이즈미는 내 얼굴을 보고 미소 지으며 다가왔다. 하지만 행사장 안이기에 달리는 않았다.

하지만 그녀의 미소는 안타깝게도 겨우 몇 초 뒤에는 거짓말처럼 얼어붙어버리고 말았다.

……내 등 뒤에서 숨어 있던 에리리가 모습을 드러낸 순간 말이다.

"이건 우리 서클의 신작이야. 패키지가 아니라 미안하지만, 언젠가 제대로 된 패키지판을 내놓을 거니까……."

"어째서……?"

"아~. 그 이유는 묻지 말아줬으면 좋겠는데 말이야."

"아, 아뇨! 그런 걸 물어본 게 아니에요! 마감에 맞추지 못했다든가, 크리에이터로서 절대 해선 안 되는 치명적인 실수의 이유를 물은 게 아니라……!"

"그, 그렇구나……. 고마워……."

"왜, 저희 서클에 인사하러 온 건가요? 저는 사와무라 선배를 그렇게 도발했었잖아요."

"지금도 하고 있는 것 같은 느낌이 드는데……."

"아, 죄, 죄송해요."

"……저기, 저 두 사람이 느닷없이 머리채를 잡고 싸우지는 않겠지?"

"괜찮아. 이즈미는 어른이거든."

"저기, 네 쪽의 어른스럽지 못한 공주님 때문에 이런 걱정을 하는 거야."

그리고 견원지간인 두 여자애에게서 조금 떨어진 곳에서 그 모습을 지켜보는 남자 둘은 약간의 걱정과, 약간의 어이없음, 그리고 약간의 부모마음이 섞인 표정으로 서로의 원화가를 지켜봤다.

"그쪽도 괜찮을 거야……. 지금의 에리리라면, 말이야."

"……너희 둘, 나스 고원에서 단둘이 보낸 그날 밤에 무슨 일 있었어?"

"있었을 리 없잖아. 바보 같은 소리 하지 마."

"나로서는, 있었을 리 없다는 말 자체가 바보 같은 소리라는 생각이 드는걸."

"그리고 말이야. 으음, 지금부터 내가 하는 말이 본론인데……."

"아, 예. 뭔가요……?"

에리리는 진지한 표정을 지으면서 이즈미를 응시한 후.

갑자기 그녀를 향해 고개를 숙였다.

"내가 졌어."

"……예?"

"이번 겨울 코믹마켓에서는 우리…… 『blessing software』가 완전히 졌어."

그야말로 아무에게도 한 적 없을 만큼 상체를 숙이면서, 깊이, 깊이 고개를 숙였다.

자존심 덩어리에 억지 덩어리인 저 녀석이, 이 세상에서 가장 자신답지 않은 말을 입에 담았다.

"……패배를 인정해도 괜찮은 거야?"

"내가 직접 너에게 말하겠어. 이오리……. 이번 겨울 코믹마켓에서는 우리가 완패했어."

"하지만 승부 자체를 시작하지도 못했잖아."

"그런 매니지먼트 면을 포함한 서클 승부였잖아. 이번에는 승부의 무대에 서지 못한 내가 너에게 미치지 못했어. 그뿐이야."

"그 말은, 즉……."

"그래. 에리리는…… 이즈미에게, 지지 않았어."

우타하 선배도, 미치루도, 지지 않았다.

그리고 이 작품은, 마지막에 반드시 이긴다.

그런 마음이 존재하기에, 지금은 솔직하게 패배를 인정할 수 있다.

"이즈미 양. 나는 말이야. 이번에 너와 같은 미스를 범해 봤어."

"아……."

"네 방식을 쫓아 흉내내봤어. 천재를 필사적으로 물고 늘어져본 거야."

그렇다. 에리리는 이번에 이즈미를, 그리고 우타하 선배의 방식을 답습했다.

멋대로 작업량을 늘리고, 한 장 한 장에 죽도록 집착하면서, 머리를 쥐어뜯고, 눈물을 흘리면서 그랬다.

"나는 네가 무서웠어. 아니, 지금도 무서워."

"제, 가…… 무섭다고요?"

"무시무시한 속도로 쫓아와서, 순식간에 제친 후, 언젠가 나를 제친 것조차 잊어버릴 만큼 높은 곳에 가버릴 거라고 생각했어……."

"마, 말도 안 돼요……. 저를 너무 과대평가했어요!"

아니, 그것은 결코 과대평가가 아니다.

나는 순식간에 그녀의 신자가 되었다.

이오리는 자신의 여동생을 위한 장기 육성 프로그램을 철저하게 짠 후, 천하를 취할 생각이었다.

그 정도로…… 이즈미의 장래성은 상상을 초월할 정도였
다.

"하지만, 말이야…….

지금의 나에게는 용기가 있어.

그런 엄청난 너를 뛰어넘기 위해 노력할 수 있게 해주는
이미지가 있어.

앉아서 추월당하는 것을 기다리고 있는 듯한 공포는 내
안에 존재하지 않아.

네가 성장하면, 네 이상으로 성장하면 된다고 생각하고
있어."

"사와무라 선배……."

"다음 이벤트에서도 승부하자……. 그 전에 위탁으로 승
부하겠지만 말이야."

"……예! 다음 승부를 기다리고 있을게요! 언제든 덤비세
요!"

"어, 뭐야? 나를 도전자 취급하는 거야? 이게 승자의 품
격?"

"아잇! 죄송해요!"

두 사람의 화해가 끝나고 나면, 우리도 부스로 돌아가 준

비를 시작할 것이다.

시계를 보니…… 개장까지 10분도 채 남지 않았다.

"미리 말해두겠는데, 위탁은 1월말 금요일에 시작할 거야."

"……그건 우리의 위탁 개시일에 맞추겠다는 거야?"

"제대로 된 패키지로 이번에야말로 제대로 붙어보자고."

"토모야 군……."

우리는 완벽하게 패배했다.

오늘은, 그 사실을 가슴에 새기면서 돌아가자.

그리고 한 달 후, 리벤지가…… 진정한 싸움이 시작된다.

오늘은 그 결의를 가슴에 새기면서 돌아가자.

"아…… 미안, 토모야 군. 에나카 씨에게서 연락이 왔어."

이오리가 호주머니에서 핸드폰을 꺼내자 우리는 해산 분위기가 되었다.

"그럼 가볼게, 이오리……. 아, 에나카 씨에게도 "일전에는 감사했습니다."라고 전해줘."

"응, 알았어……. 그런데 토모야 군."

"왜?"

"위탁 수량은 몇 장이나 돼?"

"그걸 어떻게 가르쳐주냐, 이 멍청아."

※　※　※

"수고 많으세요……. 으음, 에나카 씨."

『그 두 사람과 무슨 이야기를 했어?』

"……오셨어요? 어디 계시죠?"

『준비회 총본부. 여기에는 여러 가지 정보가 모이거든.』

"그렇군요."

『아무튼 이번에는 네가 졌어, 이오리.』

"아직 승부는 시작되지 않았는데요?"

『이제 와서 흐름을 바꾸는 건 불가능할 것 같은데? 너, 상대편이 만든 게임을 플레이해봤어?』

"그걸 어떻게 입수…… 아, 됐어요."

『이번에는 너무 물렀어, 이오리……. 상대편 작품의 스페셜 땡스 란에 이름이 올라갈 수준으로 물렀어.』

"같은 조건에서 박살내주고 싶었을 뿐이에요."

『상대편 게임은 그게 가능할 만큼 만만하지 않아.』

"이즈미도 최선을 다했어요. 다른 사람들도 맡은 일에 성실히 임했고요."

『네 동생은…… 그래. 최소한 1년은 일렀어.』

"……역시 저군요. 당신과 똑같은 판단을 내렸으니까 말이에요."

『아무튼, 이쪽은 앞으로 바빠질 것 같으니 서클은 너에게 맡겨두겠지만, 앞으로는 애들 장난에 너무 열을 올리지 말아줬으면 좋겠어.』

"차로 나스 고원까지 데려다 준 건 정말 감사합니다. 하지만 뒷일은 저에게 맡겨주세요."

『……그건 네가 하기 나름이야.』

"슬슬 개장할 시간이니…… 이만 끊겠어요, 아카네 씨."

『그럼 지금부터, 제○○회 코믹마켓을 개최하겠습니다.』

※　※　※

우리의 겨울 코믹마켓은 너무나도 허무하게 끝났다.

『blessing software』는 개장 후 30분이 채 지나기도 전에 얼마 안 되는 판매 물량을 다 판 후, 행사장에서 나갔다.

나중에 들은 이야기지만, 『rouge en rouge』는 그 수십 배나 되는 양을 정오 즈음에 다 팔았다고 한다.

※　※　※

"저기~ 토모! 린카이선(線) 전철 탈거야? 아니면 유리카모메선 탈래?"

행사장에서 나와 역 로터리로 이어지는 교차로에 도착했을 때, 앞장서서 걷던 미치루가 고개를 돌리더니 큰 목소리로 나를 향해 말했다.

아직 점심시간도 지나지 않아서인지 우리와 같은 방향으로 걷는 사람은 적었고, 행사장으로 향하는 인파에 휘둘린 탓에 우리 사이의 거리는 꽤 떨어져 있었다.

"일단 차라도 한 잔 할까? 어디 갈래?"

"나는 더 걷기 싫어."

"사와무라 양과 같은 의견이야."

"나태한 점에 있어서만큼은 두 사람은 마음속 깊은 곳에서 동지네."

별다른 짐도 없으면서도 어깨를 들썩이며 나이 많은 어르신들처럼 느긋하게 걷고 있는 두 사람의 의견을 채용한 나는 앞으로의 행선지를 결정했다.

"그럼 오다이바에서 잠시 쉬었다 가자. 미치루, 유리카모메선 탈거야~."

"오케이~. 그럼 먼저 가 있을게~."

대조적으로 힘이 남아도는 미치루는 우리가 따라오든 말든 상관없다는 듯이 전력질주로 횡단보도를 건너더니 역을 향해 나아갔다.

……어차피 역에서 기다려야 하니 서두를 필요는 없는데 말이다.

"자, 그럼…… 어, 카토는?"

"메구미는 뒤쪽에 있어."

"바퀴 달린 가방에 익숙하지 않아서 악전고투하고 있는 것 같아."

"……친구면 좀 도와주라고."

그런고로, 나는 바퀴 달린 가방을 질질 끌면서 두 사람과는 반대 방향으로, 즉, 수많은 인파의 진행방향에 동조했다.

"아, 찾았다. 메구미."

"안 돌아와도 되는데 말이야."

카토는 길 한복판에서 수많은 인파 때문에 고생하면서도 천천히 걸음을 옮기고 있었다.

"내가 옮길까?"

"아키 군이 나보다 짐이 많잖아."

"그래도 나는 익숙하잖아."

"괜찮아."

"그래."

카토는 아직 걸음이 익숙해보이지는 않지만 한 걸음 한 걸음 내디디면서 모두가 기다리고 있는…… 아니, 아마 기다려주고 있지는 않겠지만, 교차로를 향해 나아갔다.

나는 언제든 그녀를 도와줄 수 있도록 뒤를 따랐다.

"끝났구나."

"순식간에 끝나버렸네."

정말 순식간이었다.

판매하는 시간보다 "다 팔렸습니다. 죄송합니다." 하고 사과하는 시간이 길 정도였다.

"뭐, 대실패이기는 했지만, 다음 성공을 위한 밑거름이 되는 실패였어."

"……그래."

그렇다. 행사장의 분위기는 다음 성공으로 이어질 듯한 느낌을 내포하고 있었다.

"하지만 아직 끝나지 않았어. 이제 숍 위탁 승부가 기다리고 있거든."

"……."

위탁 예정이라고 설명하자 대부분의 사람들은 납득했고, 일부는 기뻐했으며, 그 중에는 "이 그림 그린 사람, 카시와기 에리 맞죠?!"라고 묻는 사람도 있었다.

……이걸 플레이해본 사람이 시나리오 라이터의 정체를 눈치챘을 때, 더욱 큰 흐름을 자아낼 수 있을지도 모른다.

"정말 여러모로 고마웠어, 카토."

"괜찮아. 딱히 한 일은 없잖아."

"카토가 없었다면 겨울 코믹마켓에 참가하지도 못했을 거야……. 고마워."

"그래?"

카토는 여전히 무뚝뚝했다.

자신이 얼마나 이 서클에 공헌했는지, 전혀 눈치채지 못한 것 같았다.

"그리고…… 미안해."

"…………뭐가?"

"마지막에 가서 사고 쳤잖아."

"어쩔 수 없었잖아. 아키 군은 옳은 판단을 했어."

"하지만……."

"그런 어쩔 수 없는 일로 사과하지 않아도 돼."

그리고 카토는 여전히 상냥했다.

에리리가 저지른 실수도, 내가 저지른 실패도, 전부 흘려 넘겼다.

정말, 얻기 힘든 친구이자, 메인 히로인이자, 그리고…….

"아, 카토. 거기서 정면으로 쭉 가. 이제부터 오다이바에 갈 거니까, 유리카모메선을 타러 가야해."

드디어 좀 전에 다른 이들과 같이 있었던 교차점에 도착했다.

미치루는 물론이고 에리리와 우타하 선배도 가버렸기 때문에, 여기서 신호를 기다리고 있는 사람은 우리뿐이었다.

그런, 오늘 처음으로, 단 둘이 보내는, 조용한 몇 초가 흘러간 후…….

"나, 오늘은 돌아갈래."

"뭐?"

"그러니까 나는 린카이선 타고 갈 거야. 그럼 안녕, 아키 군."

그리고 평소와 다름없는 태도로.

하지만 아주 약간 위화감이 느껴지는 반응을, 카토는 보였다.

"아니, 왜?"

"오늘은 섣달 그믐날이잖아. 빨리 집에 돌아가야 해."

"다 같이 점심 먹을 뿐이야. 저녁이 되면 해산할 거라고."

"그래도, 오늘은, 안 갈 거야."

"카토……?"

그녀는 언제나 인원에 포함되어 있었다.

절대 거절하지 않는 녀석이라고 믿었고, 그리고 그 믿음은 단 한 번도 깨지지 않았다.

"이유가 뭐야?"

"무슨 이유?"

"역시 겨울 코믹마켓에 완성판을 내지 못한 게 그렇게 분했던 거야?"

"으음~ 그건 좀 유감이지만, 에리리가 아파서 그렇게 된 거라면 어쩔 수 없어."

"그럼 왜……."

"아~. 그러니까 아키 군은 잘못 생각하고 있다구."

"으......"

그것은 처음으로 듣는 카토의 목소리였다.

아니, 그 말은 평소와 마찬가지로 멍한 느낌으로 가득 차 있었다.

"완성판을 못 낸 것 때문에 사과해봤자 아무 의미도 없어."

하지만 카토의 목소리 톤에는, 그녀치고는 드물게, 약간의 짜증이 섞여 있었다.

"그게 아냐…… 그게 아니라구."

"그게 무슨, 소리야?"

"왜 상의해주지 않은 걸까……?"

"상의……"

"마감에 관한 것도, 에리리에 관한 것도, 겨울 코믹마켓을 포기하는 것도, 왜 나에게 말해주지 않은 걸까?"

그리고 믿기지 않게도…… 슬픔이 어려 있었다.

"나, 반대 같은 건 하지 않았을 거야.

에리리를 우선하더라도. 겨울 코믹마켓을 포기하더라도. 아키 군과 같은 선택을 했을 거야.

그런데 아키 군은 나에게 아무 말도 하지 않았어.

혼자 에리리의 곁으로 가서, 혼자 포기하기로 판단한 후, 혼자 전부 짊어졌어."

하지만, 그건 전부 내 탓이잖아.

에리리가 무리를 한 것도, 건강을 해친 것도.

아직 방법이 있었을지도 모르는데도, 포기한다는 선택을 해버린 것도.

"아키 군은 내가 그렇게 생각하지 않을 거라고 생각한 걸까?

에리리보다도 겨울 코믹마켓을 우선할 거라고, 생각한 걸까?

그렇다면…… 조금, 슬플 것 같아."

하지만 카토는 그렇게 에리리를 걱정했는데.

무슨 일 있으면 바로 가보겠다고 몇 번이나 말했는데.

"나는, 아키 군이 올바른 선택을 했다고 생각해.

그리고 나는 아키 군을 친구라고 생각해.

하지만, 용서 못해.

친구라고 생각했기 때문에, 이번 일은 아직, 납득하지 못했어."

카토는, 울지 않았다.

에리리처럼, 울리가 없다.

하지만, 아니, 그렇기에…….

그녀의, 첫 반역이, 마치 뾰족한 나뭇가지에 찔린 것처럼, 욱신거리는 듯한 아픔을 자아냈다.

"나, 좀 이상하네. 평소와 달라.

이래서야 완전 루리네.

……미안해."

마지막으로 카토는, 원래라면 내가 몇 백 번은 해야 할 말을 입에 담은 후…….

그리고 신호가 파란색으로 바뀌자마자, 나와는 다른 방향으로 걸음을 옮겼다.

『그런데, 메구미와는 그 후에 이야기 나눴어?』

"매일 학교에서 인사를 나누고는 있지만⋯⋯."

2월이, 되었다.

겨울 코믹마켓이 끝나고 나면 우리 『blessing software』
는 할 일이 없을 거라고 생각했지만, 적어도 나는 1월 겨울
코믹마켓 전과 마찬가지로 바쁜 나날을 보냈다.

『하지만 서클에는 안 오잖아.』

"으⋯⋯."

그런 와중, 나와 카토의 『사소한 단절』은 여전히 지속되고
있었다.

그 후로 한 달 가까이 지났는데도, 화해는 하지 못했다.

『토모야, 너 메구미를 진심으로 대하고 있는 거야?』

"그, 그게⋯⋯ 대화를 나눌 때는 평소와 별반 다르지 않
단 말이야"

그렇다. 카토가 화를 낸 것(그래 보였다)은 섣달 그믐날 코믹마켓에서 돌아올 때가 처음이자 마지막이었다.

겨울방학이 끝난 후, 머뭇거리면서 말을 걸어도 "안녕. 아키 군." 하고 평소와 다름없는 반응을 보였다.

하지만 서클에 얼굴을 비추지는 않았다.

내가 "차라도 한 잔 하러 가자."라고 말해도 응하지 않았다.

항상 "미안해. 다른 볼일이 있어."라고 말하면서 바로 돌아갔다.

지금까지는 다른 볼일이 있어도 내가 끈질기게 매달리면 응했는데 말이다.

아니, 어쩌면 내가 『끈질기게』 매달릴 수 없게 되었기 때문일지도 모른다.

……저 녀석, 의외로 한 번 삐치면 골치 아픈 타입인가?

"뭐, 그건 내 문제니까 알아서 할게. ……그것보다 에리리는 빨리 리뉴얼 패키지용 그림을 완성해줘."

『……토, 토모야.』

"응? 왜?"

『정말 리뉴얼 패키지를 내놓을 거야?』

"네가 하고 싶다고 했잖아? 초판 매진 감사의 의미에서 말이야."

『뭐, 그건 그렇지만…….』

내가 겨울 코믹마켓 후에도 이렇게 바쁜 것은 그 때문이다.

패닉은 며칠 전, 1월의 마지막 금요일에 발생했다.

즉, 늦추고 또 늦춘 위탁 판매 첫날에 발생한 것이다.

겨울 코믹마켓에서 겨우 100장만 분포된 동인 소프트 『cherry blessing』의 내용과 완성도가 연말연시에 인터넷 상에서 큰 화제가 되었다.

『카시와기 에리가 그린 게 분명』한 그래픽.

『프로 작가가 닉네임으로 쓴 게 분명한데 누구인지 의문』인 시나리오.

『이 보컬, 처음 듣는 목소리지만 좋은걸』하는 생각이 드는 음악.

그리고…… 그랜드 루트의 찬반양론은 더 큰 논쟁을 불렀고, 익명 게시판과 SNS에서도 매일같이 『cherry blessing』이라는 글자를 볼 수 있었다.

그리고 인터넷상의 평판을 그대로 옮겨온 것처럼…….

판매 첫날, 동인 숍에 푼 1,000장이 순식간에 매진되었고, 바로 5,000장이나 추가 주문이 들어왔다.

"뭐야? 마감 못 지킬 것 같은 거야? 그럼 기일을 늦출까? 위탁이니까 좀 늦추는 것도 가능해."

『아니, 좀 더 노력해볼게.』

"알았어."

그 추가 주문량인 5,000장의 패키지를 『대히트에 대한 감사』의 의미를 담아 리뉴얼하자는 말을 꺼낸 사람은 좀 전에도 말했듯이 에리리다.

패키지 그림은 일찌감치 납기한 것이기 때문에, 지금의 새로운 스타일에 눈뜬 에리리가 보기에는 '이런 옛날 그림, 부끄러워.'라는 느낌이 드는 수준인 것 같았다.

『저기, 토모야.』

"응?"

『이 그림이 완성되면, 같이 어디 놀러가지 않을래?』

"네가 밖에 나가는 걸 귀찮아하지만 않는다면 말이야……."

『나도 1년에 한 번 정도는 나가고 싶어질 때가 있어.』

"빈도가 정말 낮네……."

『그것보다 갈 거야? 말 거야?』

"뭐, 일단 끝내고 나서 생각하자. 다 끝나면 아키하바라든, 나스 고원이든, 어디든 같이 가주겠어."

『아, 나스 고원은 싫어.』

"아하하. 그럴 거야."

지금 페이스라면 2월 중순 즈음에는 이 일이 마무리될 것이다.

아마, 그 즈음이면 위탁 관련 업무도 일단락되리라.

『뭐, 이쪽은 현재 그런 느낌이야. 그럼 끊을게.』

"응. 나중에 봐."

에리리와의 통화를 끝낸 후, 창문 너머로 보이는 어느새 어두워진 하늘을 올려다보았다.

요즘 들어서는 이틀에 한 번 꼴로 에리리와 이렇게 통화를 했다.

……그리고 통화 후, 나는 아주 조금이지만 긍정적이 되어 있었다.

확실히, 우리 서클에는 여러 가지 문제가 남아 있다.

하지만 앞을 내다보면서, 하나하나 해결해 나가자.

겨울 코믹마켓에서는 졌지만, 우리의 승부는 앞으로도 계속된다.

그리고 우리의 서클 활동도 즐겁게 계속되어간다.

분명, 그렇게 될 것이다.

우타하 선배가 졸업하더라도. 카토와 나 사이의 분위기가 약간 나빠졌더라도.

그래도 나는, 무슨 짓을 해서라도, 이 서클을, 존속시켜 나갈 것이다.

그리고 언젠가, 또, 이 멤버로 완전 신작을 만들 것을, 맹세한다.

※ ※ ※

　"어? 어? 이상하네……?

　그때는 그릴 수 있었는데…….

　나스에서, 혼자서 노력했던 그 때는, 그릴 수 있었는데……?"

■작가 후기

안녕하십니까. 마루토입니다.

『시원찮은 그녀를 위한 육성방법』이 드디어 6권에 도달했습니다.

그리고 당초의 목적인 겨울 코믹마켓에도 도달했습니다.

……이야, 『이 클라이맥스가 이렇게 축 처지는 이야기라도 괜찮은 건가?』하는 의문점에 관해서는 앞으로도 여러모로 검증할 여지가 있을지도 모릅니다.

그 이전에 이 후기를 쓰고 있는 현재, 체온이 38도나 되고, 이 상황에서도 납기를 늦출 수 없다고 하는 "너 대체 이번에는 얼마나 일을 질질 끈 거야?" 같은 소리를 들어도 할 말이 없는 사선에 처해 있습니다. 여러분은 건강에 유의하십시오.

어차피 감기에 걸릴 거면 제6장을 집필할 때 걸렸으면 훨씬 묘사가 리얼리티를 띄지 않았을까 하는 반성을 하고 있습니다.

그리고 보니 지난 번(5권) 후기에서 『선전면에서도 크게 격동하는 편이 될 것이다』라는 의미심장할지도 모르고, 그렇지 않을지도 모르는 코멘트를 했습니다만, 드디어 여러분에게 보고할 수 있게 되었습니다.

……바로,『시원찮은 그녀를 위한 육성방법』의 애니메이션화가 결정되었습니다.

이것은 전부, 이렇게 코어하고 틈새시장인 동인 소재에 따라와 주시는 여러분 덕분입니다. 정말 감사합니다.

아마 이 책의 띠지와 Web 매체에서 이미 소개가 되었을 거라고 생각합니다만, 제작회사와 스태프 분들을 볼 때, '대체 얼마나 엄청난 정치력이 뒤에서 움직이고 있는 거야?!' 하고 생각하게 되는 것도 무리가 아닐 만큼 호화로운 멤버 구성입니다. 하지만 각본은 셀프 서비스이며, 그 점이 마이너스로 작용해 여러모로 밸런스가 잡힐지도 모르겠군요.

뭐, 제가 참여하는 이상 각본에 관해서만큼은 책임지고 두들겨 맞을 각오로 임할 테니, 애니메이션도 잘 부탁드립니다.

자아, 다음은 드디어 7권입니다.

이번에 문제의 씨앗을 꽤나 흩뿌려뒀다는 것은 자각하고 있습니다. 과연 그것이 어떤 식으로 해결될 것인지, 혹은 해결되지 않을 것인지,『blessing software』(통칭 : 메구미 소프트)의 미래를 잘 지켜봐줬으면 합니다.

봄입니다. 졸업 시즌입니다. 작별의 계절입니다. 그리고 시작의 계절입니다.

이야기에 마침표를 찍기에 적당한 시기가 왔으므로…… 뭐, 이 작품의 독자 분들 중에는 '이제 다음 권에서 끝나겠지.'라고 예측하고 계신 분이 많을 것 같으므로 그런 뉘앙스를 풍겨봤습니다만, 실제로 어떻게 될지는 비밀로 해두겠습니다. 왜냐하면 애니메이션 선전을 위해서도(이하 생략).

……자, 이러고 있을 때 편집자님에게서『다음에는 단편집을 내서 애니메이션이 시작될 때까지 시간을 벌 거예요(빙긋)』이라는 뜬금없는 연락이 왔습니다. 여러분, 7권은 조금만 더 기다려주시면 감사할 것 같습니다.

그럼 마지막으로 감사 인사를 드릴까 합니다.

미사키 씨. 제가 마감을 마구 미룬 여파가 노도처럼 밀려갈 것이니 잘 부탁드립니다.

하기와라 씨. 이렇게 마감을 미뤄주셔서 정말 감사합니다. 그리고 이번은 말이죠. 느닷없이 "드래곤 매거진에서의 연재가 결정되었어요." 하고 아무렇지도 않은 듯이 저에게 감사하게도 일거리를 준 당신에게도……. 아, 아뇨. 아무것도 아닙니다.

그럼 다음 권에서 뵙겠습니다.

2014년 초봄(겨울에 끝냈어야 하는 거 아닌지?)

마루토 후미아키

■역자 후기

안녕하십니까. 근로청년 번역가 이승원입니다.

『시원찮은 그녀를 위한 육성방법』6권을 구매해주셔서 진심으로 감사드립니다.

『시원찮은 그녀』역자의 멋대로 미소녀 게임 토크 제6탄!

아, 지난 권 후기는 카토 찬양으로 끝났으니 제5탄이군요.^^

이번 권에서는 한 애니메이션에 대해 이야기해볼까 합니다.

예? 왜 미소녀 게임이 아니냐고요? 걱정 마십시오. 원작이 미소녀 게임이거든요.^^

이번에 언급된 작품 중에『ㅇ월ㅇ 월ㅇ』라는 애니메이션이 있습니다.

이 작품의 진짜 제목은『진월담 월희』입니다. 예. 동인 게임으로 나와 공전절후의 히트를 기록한 후, 10년 넘게 지난 지금도 회자되는 전설의 작품입니다.

지금도 리메이크, 그리고 월희2 소식이 나오면서 많은 팬들의 가슴을 뛰게 만들고 있죠.

하지만 10여 년 전의 저는 『월희』라는 작품에 대해 아무 것도 몰랐습니다.

당시의 저는 콘솔 게임에 한창 빠져 있을 때였거든요. 삼 O무쌍, 파이O판타지 등의 게임을 하면서 정신없는 나날을 보내고 있었습니다. 그러다 지인의 추천으로 『진월담 월희』 라는 작품을 접하게 되었고, 꽤 재미있게 봤습니다.

……그리고 그게 지인의 함정이었다는 사실을 나중에 알 게 되죠.

완성도가 높은 작품은 아니지만 꽤 재미있게 본 저에게 그 지인은 "실은 애니메이션은 원작 게임의 발치에도 미치지 못한다. 그러니 원작을 해봐라. 내가 빌려주마." 같은 소리를 하며 패키지판을 빌려줬고, 저는 별 생각 없이 플레이 했습니다.

……그리고 저는 그대로 빠져들고 말았습니다.

처음에는 대충 한자만 끼워 맞추면서 플레이했습니다만, 정신 차리고 보니 일본어 한자 사전과 일본어 사전을 사서 뒤져가며 하게 되더군요. 그리고 그 다음에는 관련 설정, 그리고 관련 작품을 하나하나 찾아다니게 됐습니다.

그러기 위해서는 어느 정도의 일본어 실력이 필요했고, 그래서 일본어 공부를 본격적으로 시작하게 됐습니다. 그래서 어느 정도 일본어를 마스터하고 나니 또 원작을 다시 플레이해서 전 루트를 다 깨게 되더군요. 그 여파를 이어

애니메이션도 다시 감상했습니다.

……그리고 깨닫게 되더군요. 애니메이션이 원작의 재미를 살리지 못했다는걸요.(털썩)

그래도 저에게 지금까지도 애정을 가지게 되는 작품을 알려주는 계기가 되었군요. 그 점에 대해서는 감사해야 할 것 같습니다. 물론 저를 함정(?)에 빠뜨린 그 지인에게도요.^^

……그러고 보니 제가 일본어 공부를 시작하게 된 것도 이 작품 때문이었고, 그렇게 공부를 한 덕분에 이렇게 번역을 직업으로 삼을 수 있었군요.

이 은혜에 보답하기 위해서도 리메이크판과 2는 꼭 사야겠습니다. …………나, 나오겠죠? 그렇죠? 그럴 거라고 믿으면서 하루하루를 열심히 살렵니다.ㅜㅜ

그럼 이만 줄이겠습니다.

이 작품을 저에게 맡겨주신 삐야 님과 L노벨 편집부 여러분. 이번에도 폐 많이 끼쳤습니다. 앞으로도 잘 부탁드립니다.

나에게 『월희』라는 작품을 포교해서 이쪽 길로 끌어들인 지인이여. ……역시 너는 나한테 평생 술 얻어먹을 자격이 있는 것 같아.(어이)

마지막으로 언제나 제게 버팀목이 되어주시는 어머니와 『시원찮은 그녀를 위한 육성방법』을 읽어주신 모든 분들에게 진심으로 감사드립니다.

표지부터 경천동지(?)하는 다음 권 역자 후기에서 다시 뵙겠습니다!

2015년 2월 초
역자 이승원 올림

시원찮은 그녀를 위한 육성방법 6

1판 1쇄 발행 2015년 3월 10일
1판 8쇄 발행 2018년 3월 21일

지은이_ Fumiaki Maruto
일러스트_ Kurehito Misaki
옮긴이_ 이승원

발행인_ 신현호
편집국장_ 김은주
편집진행_ 최은진 · 김기준 · 김승신 · 원현선 · 김솔함 · 권세라
편집디자인_ 양우연
국제업무_ 정아라 · 고금비
관리 · 영업_ 김민원 · 이주형 · 조인희

펴낸곳_ (주)디앤씨미디어
등록_ 2002년 4월 25일 제20-260호
주소_ 서울시 구로구 디지털로 26길 111 JnK디지털타워 503호
전화_ 02-333-2513(대표)
팩시밀리_ 02-333-2514
이메일_ lnovelpiya@naver.com
ㄴ노벨 공식 카페_ http://cafe.naver.com/lnovel11

원제 Saenai heroine no sodate-kata. Vol.6
© Fumiaki Maruto, Kurehito Misaki 2014
Edited by FUJIMISHOBO
First published in Japan in 2014 by KADOKAWA CORPORATION, Tokyo.
Korean translation rights arranged with KADOKAWA CORPORATION, Tokyo.

ISBN 978-89-267-9875-1 04830
ISBN 978-89-267-9771-6 (세트)

값 6,800원

© 2011 Wataru WATARI / SHOGAKUKAN
Illustrated by PONKAN⑧

역시 내 청춘 러브코메디는 잘못됐다. 1~10권

와타리 와타루 지음 | 풍칸⑧ 일러스트

역시 내 청춘 러브코메디는 틀려먹었다.
고독에 굴하지 않고, 친구도 없이, 애인도 없이.
청춘을 구가하는 동급생들을 보면
「저놈들은 거짓말쟁이다. 기만이다. 뒈져버려라」라고 중얼거리고,
장래희망을 물으면 「일하지 않는 것」이라고 천연덕스럽게 대꾸하는—
삐뚤어진 고교생 하치만이 생활 지도 교사에게 붙들려간 곳은
교내 제일의 미소녀 유키노가 소속된 「봉사부」.
별 볼일 없던 내가 뜻밖에도 이런 미소녀를 만나게 되다니……
이건 아무리 봐도 러브코메디의 시작!?인 줄만 알았는데
유키노와 하치만의 유감스러운 성격이 그러한 전개를 용납하지 않는다!

그로 인해 펼쳐지는 문제투성이의 청춘 군상극.

내 청춘이 어쩌다 이 꼴이 됐지!?

애니메이션 2기 제작 결정 화제작!
이 라이트노벨이 대단하다! 2014, 2015 작품 부문 1위!

© KINEKO SHIBAI ILLUSTRATION:Hisasi
KADOKAWA CORPORATION ASCII MEDIA WORKS

온라인 게임의 신부는 여자아이가 아니라고
생각한 거야? 1~2권

키네코 시바이 지음 | Hisasi 일러스트 | 이경인 옮김

온라인 게임의 여자 캐릭터에게 고백!
→ 아깝네요! 실제로는 남자였답니다☆

그런 흑역사를 감추고 있는 소년 · 히데키는 어느 날 게임 안에서
한 여자 캐릭터에게 고백을 받는다. 설마 그 흑역사가 다시금 반복되는 것인가?!
그렇게 생각했으나, 게임 안에서 내 「신부」가 된 아코 = 타마키 아코는
정말로 미소녀에, 현실과 가상세계를 구분하지 못한⋯⋯다고⋯⋯?!
"안녕, 루시안!"이라니, 하, 하지 마! 창피하니까 캐릭터명으로 부르지 마!
다른 사람들 앞에서도 게임 캐릭터명으로 부르며 게임 속 남편에게 착 달라붙는 아코.
히데키는 너무나도 유감스럽고 위험한 아코를 「갱생」하기 위해
길드의 동료들을(※단, 다들 미소녀)과 함께 움직이는데—.

유감스러우면서도 즐거운 일상 ≒
온라인 게임 라이프가 시작된다!

최약무패의 신장기룡 1권

아카츠키 센리 지음 | 카스가 아유무 일러스트 | 원성민 옮김

5년 전 혁명으로 인해 멸망한 제국의 왕자 · 룩스는 실수로 난입하고 만
여자기숙사 목욕탕에서 신왕국의 공주 · 리즈샤르테와 만난다.
"……언제까지 내 알몸을 보고 있을 생각이냐, 이 바보 자식아아아앗!"
유적에서 발굴된 고대병기 장갑기룡.
일찍이 최강의 기룡사라고 불리던 룩스는,
지금은 공격을 전혀 하지 않는 기룡사로서『무패의 최약』이라고 불리고 있었다.
리즈샤르테의 도전을 받아 결투를 벌인 끝에,
룩스는 어찌 된 영문인지 기룡사 육성을 위한 여학원에 입학하게 되는데……?!
왕립 사관학원의 귀족 자녀들에게 둘러싸인 몰락왕자의 이야기가 시작된다.

왕도와 패도가 엇갈리는
『최강』의 학원 판타지 배틀, 개막!

라이트노벨의 새로운 빛! L노벨의 신간은 매월 10일에 발매됩니다. www.lnovel.co.kr